Se Tu Potessi Leggermi Dentro
Un Romanzo Su Nicholas Turner

Di

T. M. Bilderback

Traduzione di

Francesca Marrucci

T. M. BILDERBACK

CONTENUTI

T. M. BILDERBACK

A Stephanie, il mio angioletto.

Capitolo 1

Ma che cazzo? Pensò Nicholas Turner.

Qualcosa l'aveva svegliato, perché stava guardando il soffitto. Doveva essere ritinteggiato. Da tanto. Ma se aspettava che lo facesse lui, allora avrebbe aspettato a lungo! La sua vita faceva già abbastanza schifo senza che dovesse occuparsi anche della tinta e certo i colori vivaci non si accordavano con il suo umore degli ultimi tempi. La polvere, le ragnatele e le macchie d'umidità invece sì che si accordavano al suo umore e comunque era tutto finito.

Era steso sulla schiena, nella stessa posizione in cui era quando aveva perso conoscenza. Almeno non si era versato addosso tutto il bourbon, non ce n'era già più nella bottiglia quando era crollato.

Si sentiva come se il Terzo Fanteria gli stesse marciando sulla testa.

Perché lo faccio? Si chiese. *So come mi sento dopo e allora perché lo faccio?*

Naturalmente, sapeva la risposta. E le sbornie erano state poche e rade ultimamente, così faceva meno male.

Bene...

Dodici anni fa, Nicholas Turner era un poliziotto, uno di quelli bravi. Era appena stato promosso a detective, il più giovane ad essere promosso così velocemente, ed aveva davanti a se una carriera promettente. Era sposato all'amore della sua vita, Jane, per un anno e mezzo, e si sentiva in cima al mondo.

Due mesi dopo la sua promozione, tornò a casa dal lavoro, trovò le candele sul tavolo e Janey che stava cucinando il suo piatto preferito in cucina, con un sorriso.

"Che c'è, zuccherino?" disse, raggiungendola alle spalle e carezzandola dietro al collo. "Hai di nuovo speso troppo?"

Lei si girò e lo spinse via. "Lo scoprirai, Signor Detective. Ora vatti a cambiare e lavati per cena."

Dopo cena, Nicholas mise giù il suo tovagliolo. "Va bene, allora che sta succedendo?"

Jane gli sorrise. "Come ti sentiresti se dovessi diventare padre?"

"Beh, so che ne abbiamo parlato e..." La comprensione lo colpì come un fulmine. "Sei incinta?"

Lei annuì e sorrise.

Lui non riuscì a controllare il sorriso ebete sul viso. Andò da lei, la prese tra le braccia e la baciò. Poi la tenne stretta per un minuto e la baciò di nuovo. Aveva una certa idea in testa.

Fingendo d'essere serio, la guardò negli occhi e chiese, "Sei sicura sia mio?"

Lei gli tirò addosso il tovagliolo.

Più tardi, a letto, le chiese di quanti mesi era.

"Il dottore ha detto che sono appena di due mesi. Questo ci dà solo sette mesi per trasformare la stanza degli ospiti in una cameretta."

I quattro mesi successivi furono i più felici della loro vita. Aggiustarono la cameretta meglio che poterono, non sapendo il sesso del bimbo. La maggior parte della casa fu modificata 'a prova di bimbo'. Lo dissero ai genitori di entrambi e alla sorella di Nicholas. Chiesero al miglior amico di Nicholas, Marcus Moore, che era entrato nell'FBI dopo che Nicholas si era laureato, di fare da padrino al bambino. Infine, scelsero i nomi possibili: Stephen Nicholas se fosse stato un maschio, Madeline Louise se fosse stata una femmina.

Alla seconda settimana del sesto mese della gravidanza, Jane abortì. Nicholas era al lavoro e ricevette il messaggio mentre era in servizio. Quando arrivò all'ospedale, era tutto già finito. Il dottore lo incontrò nella sala d'aspetto con notizie anche peggiori.

Il bambino non sarebbe sopravvissuto anche se la gravidanza fosse stata portata a termine. Jane aveva un cancro alle ovaie, che aumentava rapidamente e si espandeva. Probabilmente sua moglie non avrebbe potuto lasciare l'ospedale. Morì tre settimane dopo.

Nicholas era devastato. Dopo il funerale, Melissa volle che trascorresse alcuni giorni a casa sua, ma lui rifiutò. Marcus si offrì di andare a stare da lui per un po', ma rifiutò anche questo. Guidò fino a casa da solo.

Dentro, andò all'armadietto dei liquori, tirò fuori la bottiglia di Jack Daniels e andò nella cameretta. Si sedette sulla sedia a dondolo che non avrebbe mai usato per cullare il suo bambino per farlo addormentare, accanto alla culla che non sarebbe mai stata usata e si ubriacò fino all'incoscienza, lasciando asciugare le lacrime sul viso. Rimase così, ubriaco a piangere, alternandosi dalla cameretta e quella che una volta era la camera da letto sua e di Jane, per tre giorni.

Il quarto giorno, ancora sotto gli effetti dell'ultima sbronza, tornò al lavoro. Ogni poliziotto alla stazione gli diede le sue condoglianze. Li ringraziò tutti e si sedette alla sua scrivania. Iniziò a rivedere i suoi casi, buttando ogni tanto giù un sorso dalla bottiglia che si era portato da casa. Ogni tanto scriveva qualcosa nella cartella di un caso o faceva una telefonata.

In molti notarono quello che faceva, ma in generale tutti pensavano che prima o poi ne sarebbe uscito presto.

Dopo una settimana di lavoro alla scrivania, fu chiamato a seguire un caso. Due agenti avevano risposto ad una chiamata di violenza domestica e fu incaricato di occuparsene. Quando era arrivato sulla scena, una giovane donna era stata picchiata gravemente dal ragazzo con cui conviveva. Anche suo figlio di sei mesi aveva due grandi lividi sul visetto.

La donna disse a Nicholas che il ragazzo era il padre del bambino. Aveva bevuto e più beveva più diventava violento. Quando il bambino s'era svegliato dal sonnellino ed aveva iniziato a piangere, il ragazzo gli aveva dato due pugni prima che lei potesse intervenire. Quando si era messa in mezzo, lui aveva iniziato a prendere a pugni lei. Poi se n'era andato.

Nicholas le chiese dove potevano trovare l'uomo. La donna fece il nome di un bar del posto e gli diede una descrizione.

Dicendo ad uno dei due agenti di restare con lei e di portarla ovunque avesse voluto andare, prese con sé l'altro uomo e si diresse al bar.

Il ragazzo era seduto a bere al bar. Nicholas si avvicinò a lui, mostrando il distintivo e gli disse che era in arresto. Quando gli mise le manette, gli spiegò i suoi diritti. L'uomo sorrideva ironico.

"La puttana ha avuto quello che si meritava," disse.

Nicholas e l'agente lo scortarono fuori dal bar.

"Gliene avrei dovute dare di più," disse l'uomo, quando iniziarono a muoversi. "Quel dannato moccioso deve imparare chi è che porta i pantaloni dentro casa. Avrei dovuto affogarlo quel piccolo fottuto, quando è nato. Lui e la sua fottuta madre puttana zoccola!"

Durante questa filippica, Nicholas non fece commenti, ma invece di portare l'uomo nella volante di servizio, continuò fino al vicolo dietro al bar.

"Dove cazzo mi stai portando, maiale?" chiese l'uomo.

Nicholas sbatté l'uomo contro il muro a cortina del bar con tutta la sua forza, interrompendo a metà i suoi commenti. Poi, iniziò sistematicamente a prendere a pugni l'uomo, alternandosi tra faccia, stomaco e ventre. Si fermò solo quando l'agente lo spinse via. L'uomo crollò per terra, sanguinante, incosciente.

L'incontro con il Capo della Polizia fu breve.

"Turner, sei stato fortunato. L'agente ha coperto la tua storia sulla resistenza all'arresto violenta dell'uomo, quindi le versioni erano due contro una, ma io non posso tollerare questo tipo di comportamenti tra i miei detective." Il Capo si tolse gli occhiali e guardò Nicholas. "Ma sia tu che io sappiamo che le circostanze del caso ti hanno fatto arrabbiare a causa della tua tragedia personale. Cristo, Turner, hai quasi picchiato quell'uomo fino alla morte!"

Fece una pausa. "Quello che sto per dirti, rimane tra me e te, in via confidenziale. Non ti biasimo per quello che hai fatto. Quell'uomo era una merda e se l'è cercata. E la punizione che devo darti va contro tutto quello in cui credo, ma cerca di capire che non ho scelta. Sono decisioni che vengono dall'alto." Si rimise gli occhiali e guardò Nicholas. "Detective Turner, mi restituisca distintivo e pistola immediatamente. Puoi dimetterti o essere licenziato, comunque, ora non fai più parte delle forze di polizia."

Nicholas scelse di dare le dimissioni.

Dopo aver lasciato il quartier generale della Polizia, si fermò ad un negozio di liquori ed iniziò lentamente a provare ad ubriacarsi tanto da morire.

Non avendo più stipendio, con i risparmi spolpati dalle spese mediche e funerarie, con la mente occlusa completamente dall'alcol, Nicholas si dimenticò di pagare le rate del mutuo ed in breve perse la casa.

Si presentò alla porta della sorella con due valigie ed un cartone pieno degli effetti personali a cui teneva di più. Melissa lo fece entrare, ma gli chiese in cambio qualcosa.

"Nicky, mi spiace per te," le disse, quando si sedettero al tavolo della cucina. "Io però voglio indietro mio fratello. Ho parlato con papà e mamma e con Marcus. Mamma e papà sono molto preoccupati e Marcus si è offerto di farti tornare alla ragione. Non puoi continuare in questo modo. Non riporterai indietro Jane ed il bambino, uccidendoti. Non torneranno più. Quello che stai facendo ora è solo far del male a tutti noi."

Nicholas fissò il tavolo. Non parlò, ma Melissa poteva vedere che le sue parole avevano fatto effetto.

"Marcus suggerisce due cose," continuò. "Con i tuoi trascorsi da poliziotto, pensa di poterti sistemare in un'agenzia di sicurezza sotto contratto con il Governo anche subito, mi pare che il nome sia Justice Security. Dice che l'uomo che la conduce, Joey Justice, è un brav'uomo e sa quello che fa."

"Il secondo suggerimento è quello di lavorare per conto tuo come investigatore con licenza privata. Se ti metti in proprio, dice Marcus che puoi lavorare da solo e solo sui casi che vuoi tu. Pensa di poterti girare qualche caso nell'eventualità che scegliessi questa seconda opzione."

Nicholas non proferì suono, ma c'erano lacrime sul suo viso. Melissa gli prese la mano.

"Nicky, ti voglio bene. Qualsiasi cosa tu scelga, puoi restare qui con me fino a che non ti sarai rimesso in sesto, ma Nicky, tu devi scegliere di vivere! Non voglio perderti e mi fa male vederti così."

"Anch'io ti voglio bene, Lis," disse. Si sporse verso di lei, la abbracciò forte e iniziò a piangere tra i suoi capelli. Lei ricambiò l'abbraccio e restarono così per un po'.

Nicholas si prese un paio di giorni e pensò alle due opzioni. Parlò con Marcus e Marcus gli organizzò un incontro con Joey Justice. Il lavoro di cui gli parlò quest'ultimo, era essenzialmente un lavoro base.

"Ma solo fino a che non riuscirà a dimostrarmi che si è rimesso in carreggiata e posso fidarmi di lei e darle incarichi di responsabilità," gli disse Justice. "Non posso giustificare l'eventuale affidamento di un incarico di alto profilo fino a che non mi convincerà che non cederà sotto la pressione e lo stress. Alcuni nostri clienti richiedono persone che sappiano sopportare alti livelli di stress e che rimangano controllati sempre. Non c'è niente di personale, Signor Turner. È il mio mestiere e forse anche la mia vita che dovrei affidarle e fino a che non mi dimostrerà di saperci fare, i suoi incarichi saranno estremamente basilari."

A Nicholas piaceva l'uomo, ma il suo orgoglio non gli lasciava accettare un lavoro da principiante, sebbene il salario fosse una volta e mezzo quello da poliziotto. Voleva essere padrone di se stesso, sebbene le prospettive di guadagno erano limitate al tipo di clientela che poteva attrarre.

Quindi divenne un investigatore privato con tanto di licenza. Trovò uno spazio da usare come ufficio e lo arredò con l'aiuto di Melissa.

Marcus fu di parola. Aiutò Nicholas ad assicurarsi un contratto con l'FBI per controllare dei casi non secretati. Riuscì ad assicurarsi due contratti con compagnie di assicurazione su richieste dubbie. Nei successivi anni fu in grado anche di collaborare a diverse operazioni di polizia e due furono casi di alto profilo con rapimenti di minori. Joey Justice lo chiamò e gli offrì una posizione di rilievo con la sua agenzia di sicurezza, ma Nicholas declinò educatamente l'offerta.

Spostò il suo ufficio in un edificio più grande e lo spazio aveva anche una parte sul retro con una stanza, un bagno, una cucina e molto spazio per i mobili. Decise di andare a vivere lì, piuttosto che affittare un appartamento o provare a comprare un'altra casa. Pensò che visto che già stava pagando l'affitto per lo spazio sul retro dell'ufficio, poteva mettere da parte quei soldi. La cosa che gli piaceva di più del nuovo ufficio, sebbene non l'avesse mai detto a Melissa o a Marcus, era il vetro con l'effetto ghiacciato sulla porta dell'ufficio. Gli piaceva perché lo faceva sentire come in un film noir del 1940. Humphrey Bogart, stai attento! Pagò duecento dollari per far dipingere il suo nome sul vetro.

Era un investigatore privato di successo.

E ogni settimana si concedeva la sua bella sbronza.

Le ubriacature dovevano aiutarlo a dimenticare Jane e il bambino, ma la realtà era che le sbronze gli servivano a ricordarli. Quando arrivavano poi i ricordi, la sbronza serviva a sopportarli. Si sentiva come se ci fosse un enorme buco al posto del cuore che non si sarebbe mai chiuso e le sbronze non lo avrebbero mai fatto sentire meglio.

Comunque, col tempo, scoprì che a volte ricordare non richiedeva un'ubriacatura e le bevute passarono da un paio a settimana, ad un paio al mese ed infine ad una ogni tanto, in genere quando si occupava di gravi casi di violenza domestica. Non avrebbe mai capito come le persone potessero fare del male a chi amavano.

Il caso che aveva appena chiuso riguardava un rapimento da parte di un genitore che non aveva diritto alla custodia del figlio. Il padre aveva rapito sua figlia di cinque anni ed era scappato in un altro Stato. Dal momento che il caso si era spostato fuori dai confini, era stata chiamata l'FBI, Marcus era l'agente in carica. Quando Nicholas riuscì a rintracciare il padre, chiamò Marcus, ma prima che questi potesse arrivare, il padre, usando la bambina come scudo, le aveva incidentalmente sparato. Nicholas aveva fatto irruzione nella casa, aveva sparato tre volte al padre e portato la bambina ferita al più vicino ospedale. La ragazzina era sopravvissuta, ma davvero per poco.

Quando Nicholas era arrivato a casa la notte successiva, aveva iniziato a bere.

Ma cosa diavolo l'aveva svegliato quella mattina?

Nicholas si guardò intorno nella stanza ancora mezzo addormentato. C'era una ragazzina che stava in piedi sulla porta che portava all'ufficio.

Aveva circa 10 anni, indossava jeans, un pullover senza maniche rosa e scarpe da tennis. Aveva capelli castani fino alle spalle e occhi blu e un faccino delizioso. Gli sorrise, agitando le sue dita per salutare e si diresse verso l'ufficio.

"Beh, ciao tesoro," disse Nicholas. "Come sei arrivata fin qui? Come ti chiami?"

Lei non disse niente, ma di nuovo indicò l'ufficio.

"Ok tesoro, dammi solo minuto," disse. Si strofinò il viso con le mani e poi si mise a sedere, ma quando guardò verso la ragazzina, lei era sparita.

"Piccola?" Si alzò e andò verso l'ufficio. "Dove sei andata, piccola? Dove sono i tuoi?"

Quando raggiunse l'ufficio, la ragazzina non era lì. Guardò sotto la scrivania, attorno agli scaffali, anche dietro all'albero di ficus, ma la bambina non c'era. Controllò la porta dell'ufficio, me era chiusa e la serratura richiedeva una chiave per aprirla o chiuderla.

"Che cazzata è questa?" Mormorò tra sé. La ragazza era semplicemente sparita.

Stava lì in piedi con le mani appoggiate sui fianchi, nel bel mezzo del suo ufficio, chiedendosi se aveva davvero bevuto troppo e aveva il delirium tremens, quando qualcuno bussò alla porta. Lo fece sobbalzare così tanto, che andò subito a cercare la pistola, che in genere teneva sul fianco. Si ricompose e rise un po'. Doveva essere la ragazzina.

Quando aprì la porta, disse, "Mi chiedevo dove fossi..." Si fermò, perché non era la ragazzina. Era una donna e Nicholas pensava fosse una delle più belle donne che avesse mai visto. Era sul metro e sessantacinque, con lunghi capelli biondi e grandi occhi castani. Era snella, ma non troppo magra. I suoi occhi erano gonfi, forse per aver pianto o per la mancanza di sonno e aveva labbra piene e ben definite. Le dava sui trent'anni.

"Scusi?" Disse la donna.

"Mi perdoni," disse. "Stavo parlando da solo. Brutta abitudine. Prego, entri, Signora...?"

"Richardson. Meredith Richardson." Entrò nell'ufficio. "Sto cercando Nicholas Turner."

"Sono io. O quel che resta di me. La prego, scusi il mio aspetto. Ho appena chiuso un caso stanotte e sono andato a letto molto tardi." Chiuse la porta e guidò la donna sulla sedia riservata ai clienti, davanti alla sua scrivania.

"Il caso riguardava una fabbrica di whisky, signor Turner?"

L'uomo sobbalzò al rimprovero. "È stato un caso duro ed avevo proprio bisogno di rilassarmi. Non ho avuto neanche la possibilità di farmi una doccia e mi dispiace."

Lei lo guardò negli occhi e annuì. "Capisco. Lei mi è stato suggerito da un agente dell'FBI che lavora con lei. Il suo nome è Marcus Moore. Mi ha detto che lei avrebbe potuto essere... indisposto... stamattina. Vedo che aveva regione."

"Sì, signora. Marcus è il mio migliore amico. Mi conosce molto bene."

"Sa chi sono, signor Turner? Forse ha sentito la mia storia dai telegiornali della sera o dai giornali?"

"No, direi di no. Sono stato fuori città negli ultimi giorni e non ho dato un'occhiata alle news locali."

Meredith fece un lungo respiro. "Tre giorni fa, mia figlia stava tornando dalla casa di un'amica. La casa di quest'amica è a tre porte dalla nostra, in una zona molto carina. È stata rapita, in pieno giorno, tra quella casa e la mia."

Nicholas annuì, facendo segno di aver capito. "Vada avanti."

"Quando ho chiamato la polizia, hanno diramato un'allerta Amber[1], ma senza alcun risultato. Ci sono state diverse false segnalazioni e nessuna ha portato a niente. Ho telefonato all'FBI la notte scorsa e ho chiesto loro se potevano aiutarmi. L'agente Moore è venuto a casa mia subito e ha detto che visto che c'era una seria possibilità che mia figlia avesse attraversato il confine di Stato nel periodo di tempo intercorso dal suo rapimento, L'FBI si sarebbe occupata del caso."

"Aspetti un minuto. Lei ha chiamato l'FBI? Non la polizia?"

"Sì. È un problema?"

"No. Solo piuttosto insolito. Normalmente, in un rapimento di minori, l'FBI è subito allertata dalla polizia."

Meredith scosse la testa. "Non lo sapevo, signor Turner. Sapevo solo che volevo indietro mia figlia e ho richiesto tutto l'aiuto di cui avevo bisogno. Sono in uno stato emotivo pietoso da quando è sparita e mi sembrava che la polizia non stesse facendo niente per ritrovarla. L'agente mi ha detto che lei ha avuto successo in molti casi come questo. Dice che ha un sesto senso quando si tratta di ritrovare bambini scomparsi. Dice che siccome lei è un detective privato, ha un vantaggio che altri agenti di legge non hanno, perché non deve per forza attenersi ai diritti costituzionali."

"Signora Richardson, non so niente di un sesto senso, ma sono stato molto fortunato. Ho dovuto infrangere la legge in alcuni casi, ma tengo molto ai bambini e penso che se posso aiutarli, questo è un piccolo prezzo da pagare."

Lei abbassò lo sguardo alla sua borsetta. "Signor Turner, mia figlia ha solo nove anni. O è da sola o è con degli sconosciuti e questo significa che le possono fare del male. È spaventata, sola e confusa e io sono terrorizzata per lei." Una lacrima le scivolò sulla guancia. "La pagherò qualsiasi cifra. Per favore, mi aiuti a ritrovare mia figlia."

Quando Nicholas le passò una scatola di fazzoletti di carta attraverso la scrivania, ripensò alla piccola visitatrice di poco prima.

"Ha con lei, una fotografia di sua figlia?"

"Naturalmente."

Aprì la sua borsetta e ne tirò fuori una fotografia, che gli passò.

"Questa è stata fatta due settimane fa, quando Karen e io eravamo al parco."

Il fotografo aveva fatto un primo piano della ragazzina che sedeva sull'altalena, guardando la macchinetta fotografica alla sua destra. Era bionda come sua madre, con occhi verdi. Era davvero carina, con lineamenti delicati. Non assomigliava affatto alla ragazzina che era nel suo ufficio e questo lo sollevò. Non riusciva a spiegarlo, ma sperava che questo sollievo non fosse visibile sul suo viso. Adesso, doveva focalizzarsi su questo caso e non sulle sue allucinazioni.

"Posso tenerla?"

Meredith annuì. "Questo significa che mi aiuterà, signor Turner?"

"Probabilmente, ma ho diverse domande e dovremmo anche discutere del mio compenso."

"I soldi non sono un problema. Non solo ricchissima, ma sono in grado di pagare un prezzo ragionevole."

Nicholas annuì e tirò fuori un quaderno ed una penna.

"Mi dica del padre della ragazza."

"Mio marito è morto cinque anni fa e il nome di mia figlia è Karen, signor Turner."

Sorrise. "E Karen sia. Che cosa indossava quando è sparita?"

"Jeans, una maglietta bianca e Reeboks rosa. Aveva anche una felpa con cappuccio blu."

Prese nota. "A che ora è sparita?"

"Tra le 3 e le 3.30 di sabato pomeriggio."

"Lei era casa o al lavoro?"

"Sono un'artista di un certo successo e lavoro a casa."

"Che tipo di artista?"

"Dipingo e ho contratti con agenzie di pubblicità per fornire immagini per degli spot pubblicitari. Dipingo anche ritratti per clienti individuali e dipingo vari soggetti che possono piacermi."

"Di solito incontra i clienti a casa o li incontra da altre parti?"

"Entrambi i casi."

"Allora ho bisogno di una lista dei suoi clienti almeno dell'ultimo anno. "

"Perché ne avrebbe bisogno?"

"Adesso, signora Richardson, tutti sono sospetti. Sua figlia può essere stata rapita da un cliente attuale o uno passato, sia per soldi o che per altri propositi."

"Sta insinuando che uno dei miei clienti potrebbe essere un pedofilo?"

"Non lo so. La possibilità c'è, perché il mondo è pieno di gente malata. Capisco che la possibilità che il rapitore sia uno dei suoi clienti è poca, ma non posso trascurarla. Questo vuol dire che dovrò fare anche domande molto delicate, che riguarderanno lei e anche le persone che conosce, sia dal punto di vista personale che professionale. Semplicemente, non c'è altro modo per investigare su casi come questo. Preferisco chiedere qualcosa in più che correre il rischio di far del male a quella bambina. Spero che lei capisca, perché non c'è altro modo di investigare."

Lei ci pensò su per un momento. "Ha ragione, naturalmente. Le farò avere la lista questo pomeriggio. Per favore, mi perdoni, signor Turner. Non riesco a pensare lucidamente in questo momento."

Nicholas le sorrise. "Se la sta cavando meglio di tanti miei clienti, signora Richardson. Apprezzo la sua forza, perché mi sarà di grande aiuto." Abbassò lo sguardo sul suo quaderno. "Ok, torniamo alle domande. Cosa mi dice su eventuali fidanzati? Ne ha attualmente uno?"

"No. Non ho appuntamenti da qualche tempo, beh, da circa un anno. Gli uomini tendono a perdere interesse quando scoprono che ho una bambina."

"Non tutti. Cosa mi dice dei suoi contatti sociali? Amici, conoscenti?"

"Ho due care amiche donne. Mi stanno aiutando molto. Oltre a loro, nessun altro. Ho scoperto che non ho tempo di socializzare, essere una mamma single implica un impiego di tempo maggiore di quanto la maggior parte delle persone possano capire."

"Capisco. Più tardi leggerò i rapporti della polizia, naturalmente, ma qualcuno dei suoi vicini ha notato qualcosa quando sua figlia è scomparsa?"

"No, niente. La nostra zona è molto tranquilla. La maggior parte di noi ha vissuto lì per anni e abbiamo anche un servizio di sicurezza dell'area abbastanza regolare."

Nicholas diede uno sguardo ai suoi appunti. "Beh, queste sono tutte le domande che avevo per adesso." Aprì un cassetto della scrivania e tirò fuori alcuni documenti. "Questo è il contratto standard per i miei servizi. La mia tariffa è di 250 dollari al giorno, più le spese. Una volta che ho cercato il caso, indago a modo mio e le riferirò quando avrò qualcosa da riferire. Non tollero che i clienti interferiscano con le indagini. Ho rinunciato ad alcuni casi a causa dell'interferenza dei clienti, perché in casi che coinvolgono i bambini come questo, espleto il mio servizio sempre nell'interesse del bambino, prima di tutto. Questo non sempre rende felice il cliente, perché non mi curo di cosa potrebbe risultare scomodo e a chi vado a rompere i coglioni. Naturalmente, se ciò non è ritenuto accettabile dal cliente, può anche togliermi il caso e io sottoporrò un conto per il tempo che fino a quel momento ho speso sul caso. Chiedo anche al cliente di darmi una procura per avere il potere di prendere decisioni per la protezione del bambino. Lo faccio sempre per la stessa ragione: perché spesso le decisioni devono essere prese velocemente ed è molto difficile scegliere per un genitore. Inoltre, ho bisogno di una procura da parte dei genitori che mi dia il diritto di prendere decisioni per i servizi medici nel caso in cui il bambino ne avesse bisogno. Visto che molti casi hanno sviluppi improvvisi, questo, sfortunatamente, si rende necessario nel caso in cui bambino dovesse essere ferito." I suoi pensieri tornarono all'improvviso al caso appena chiuso. "Questo accade molto più spesso di quanto vorrei. È una delle cose che più mi disturba del mio lavoro." Fece una pausa. "Questa procura in pratica mi dà la custodia temporanea di Karen, signora Richardson, fino alla risoluzione del caso. Ciò significa che la polizia dovrà includermi in tutti gli aspetti delle indagini. Talvolta la polizia si risente per quella che loro chiamano 'l'interferenza di un investigatore privato'. Con questo documento in mano, che gli piaccia o no, non hanno scelta. Ha delle domande?"

Meredith lesse bene il contratto e la procura, poi lo guardò.

"Prende molto sul serio il suo lavoro, non è vero?"

"Estremamente sul serio. Penso che i bambini, a questo mondo, siano la cosa più preziosa e metto sempre il loro interesse prima di tutto."

Lei lo guardò negli occhi e si sentì rassicurata. "Signor Turner, se riempirà il modulo, glielo firmerò subito."

Nicholas sentì lo sguardo di lei su di lui mentre scriveva e si meravigliò del fatto che gli faceva piacere. Avrebbe voluto avere un aspetto migliore di quello che aveva in quel momento, perché sentiva di sembrare un barbone di strada. La sua nuova cliente era una donna forte e intelligente... e questo gli faceva ricordare Janey. Ma in modo positivo.

Una volta che Meredith ebbe firmato i moduli, le diede le sue copie e la accompagnò alla porta.

"Mi darò una ripulita, Signora Richardson, e poi verrò a casa sua. Ho bisogno di quella lista di clienti e voglio parlare con Marcus, ma inizierò subito a cercare Karen."

"Ce l'ho già pronta, signor Turner. La polizia si è piazzata casa mia, quindi li troverà già lì quando arriverà." Si voltò e lo guardò dalla porta. "Per favore, la trovi. È la mia vita."

"Farò del mio meglio. Glielo prometto."

Lei si voltò per andarsene.

"Un'ultima domanda, Signora Richardson. È venuta qui da sola?"

Lo guardò in modo strano. "Sì. Perché?"

Lui scosse la testa. "Niente. Ci vediamo questo pomeriggio."

Lei annuì e se ne andò e Nicholas chiuse la porta dell'ufficio dietro di lei.

Quando tornò in bagno per lavarsi, si ritrovò a pensare alla piccola visitatrice di quella mattina. Strano che qualcosa lo avesse svegliato proprio in tempo per incontrarsi con Meredith. Se non si fosse svegliato in quel momento, probabilmente non l'avrebbe mai sentita bussare. Aveva davvero visto una bambina in ufficio o aveva un esaurimento nervoso?

Decise che non gli importava poi tanto.

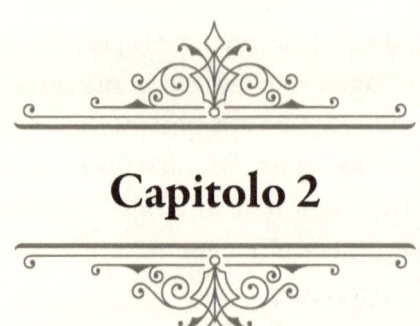

Capitolo 2

Nicholas non riusciva ancora a togliersi dalla testa la bambina del suo ufficio. Mentre guidava verso l'indirizzo di Meredith, pensò a ciò che aveva visto. Sembrava che gli stesse dicendo di andare in ufficio... che Meredith stava arrivando. Ma se fosse stato così, dove era poi andata? Non era venuta con Meredith e non era da nessuna parte nell'ufficio...

Lascia stare, Nicholas, si disse. *Sei qui.*

Girò nella strada di Meredith. Aveva ragione - la strada era in un quartiere tranquillo, per lo più di lusso. Non era un quartiere ricco, ma i redditi erano sicuramente vicini alle sei cifre.

Passò davanti alla casa che Karen aveva visitato il giorno in cui era scomparsa e prestò molta attenzione alla distanza tra quella casa e la casa di Richardson. C'erano un paio di vecchi aceri dietro a cui qualcuno poteva nascondersi, ma dove avrebbero parcheggiato una macchina per la fuga? Non c'era una traversa e qualcuno avrebbe notato una macchina che sfrecciava dall'angolo.

Entrò nel vialetto di Meredith e parcheggiò la macchina. Guardandosi intorno, vide quella che doveva essere l'auto di Meredith, una piccola ibrida. Poteva vedere il paraurti di un'altra macchina parcheggiata sull'erba nel cortile di casa - sarebbe stata di Marcus o degli agenti di polizia, parcheggiata in modo che non fosse visibile dalla strada nel caso in cui i rapitori stessero guardando. C'era un salice piangente nel cortile e un sentiero di cemento dal vialetto d'accesso alla veranda. Sotto il portico c'era una bicicletta da ragazza, con stelle filanti rosa appese al manubrio e un sedile a banana. Si meravigliò: non si era mai reso conto che i sedili a banana erano ancora in giro. Bussò alla porta d'ingresso.

Marcus rispose alla porta. Aveva più o meno lo stesso aspetto rozzo di Nicholas qualche ora prima, ma il suo vestito dozzinale aveva un certo stile e non era spiegazzato. Si strinsero la mano.

"Era ora arrivassi, amico," disse Marcus. "Ho un paio di cose veloci da dirti prima di entrare. Non ci saranno conseguenze per le sparatorie della notte scorsa con il padre della bambina - ho chiarito tutto con il dipartimento di polizia locale. L'altra cosa è che la bambina andrà a casa questo venerdì."

"Questa sì che è una bella notizia! Come farà la madre a gestire l'intera faccenda?"

"Come se tu fossi l'Arcangelo Michele in corsa per la battaglia! Penso che non avrai problemi a ritirare la tua parcella."

"Grazie, Marcus. E grazie per avermi mandato Meredith. Spero solo di avere un po' di fortuna con questo caso."

"Bene, se qualcuno può, quello sei tu."

"Ehi, mi è successo qualcosa di strano, stamattina. Mi piacerebbe parlartene più tardi, se hai tempo."

"Certo. Adesso vieni a incontrare i poliziotti incaricati del caso."

I due uomini entrarono nell'ingresso di Meredith. Era ben arredato, con un portabiti in massello accanto alla porta. Il soggiorno era a sinistra. Anch'essa era arredata in modo piacevole, ma confortevole. Era una stanza destinata ad essere vissuta. A destra c'era una biblioteca, con libri su scaffali dal pavimento al soffitto e un pianoforte a mezza coda al centro della stanza. Più in basso a sinistra c'era lo studio di Meredith. Nicholas intravide scorci di dipinti su tele e da quello che poteva vedere erano molto belli. Di fronte allo studio c'erano le scale che portavano al secondo piano e alla fine del foyer c'erano la cucina e la sala da pranzo.

Gli agenti di polizia avevano allestito un ufficio sul campo nella sala da pranzo. Tre uomini erano seduti allo spazioso tavolo. Le apparecchiature elettroniche erano sparse ovunque. Tre uomini erano seduti al tavolo. Un uomo era un ufficiale che Nicholas conosceva di vista dai suoi giorni di polizia, ma il nome dell'uomo gli sfuggì per un momento. Gli altri due erano tecnici civili che lavoravano al dipartimento in cui Nicholas aveva lavorato in passato.

"Nicholas Turner, vorrei presentarti il detective George Parker. È stato responsabile del caso fin dall'inizio," disse Marcus.

Nicholas strinse la mano all'ufficiale. "Piacere di conoscerti, Parker. Ricordo di averti visto in giro per il dipartimento quando lavoravo lì."

"Lo stesso qui, Turner. Mi fa piacere rivederti."

"E conosci già i tecnici," disse Marcus.

"Certo. Mickey Hickerson e Ronnie Latimer. Come state ragazzi?" disse Nicholas.

I convenevoli erano stati assolti.

"Okay, ragazzi, ecco quello di cui ho bisogno per essere aggiornato sul caso", disse Nicholas. "Ho bisogno del file completo sul caso, insieme alle liste e alle trascrizioni delle persone con cui si è già parlato."

"Ce l'abbiamo qui," disse Parker, con un leggero disprezzo. "A tua disposizione."

"Ho anche bisogno di una carrellata su ciò che viene fatto in questo momento."

Marcus disse: "Abbiamo una configurazione tecnica completa, Nicky. La signora Richardson ha due linee di terra che entrano in casa e le abbiamo tracciate entrambe. Disponiamo anche di apparecchiature per la tracciatura e la triangolazione se dovesse ricevere una chiamata sul suo cellulare. Ha detto che i rapitori avevano chiamato?"

"No, non l'ha fatto. Quando è successo?"

"È successo il primo giorno," disse Marcus. "La chiamata è arrivata prima che l'apparecchiatura fosse completamente installata qui, ma la compagnia telefonica è stata in grado di fornire comunque una posizione. È stata fatta da un telefono pubblico vicino al porto. Certo, nessuno ha visto niente... come al solito."

"Che cosa hanno detto quando hanno chiamato?" Chiese Nicholas a Parker.

"È tutto nel file."

Nicholas guardò Marcus.

"Hanno detto che la ragazza stava bene e che avrebbero chiamato con le istruzioni", rispose Marcus.

"Parker, quanto ci hai messo ad arrivare dopo la chiamata della Richardson al dipartimento?" chiese Nicholas.

"È tutto nel file, Turner. Cercalo lì."

Nicholas si mosse per affrontare il detective e chiese tranquillamente: "Detective Parker, hai un problema con me?"

"Ora che me lo dici, sì," disse Parker. "Dieci anni fa, sei uscito pulito dopo aver quasi causato la morte di un sospetto sottomesso e disarmato, e credo sia successo perché eri ubriaco. L'unica ragione per cui sei qui è perché la fottuta FBI ha preso il controllo di quello che avrebbe dovuto essere un caso locale e perché il tuo amichetto del cazzo insiste sul fatto che ti trattiamo come se fossi ancora un poliziotto. Certo, sei stato fortunato su alcuni casi di alto profilo a cui ti sei infiltrato a pagamento, ma penso che tu sia ancora un ubriacone! Uno stronzo slavato e lavato che ha bisogno che i fottuti federali intercedano per lui!"

"No, detective Parker. Il signor Turner non ha bisogno che l'FBI interceda per lui," disse Meredith, entrando nella stanza. "A quello ci penso io. Posso assicurarla che non si è 'infiltrato' nel rapimento di mia figlia. Posso anche assicurarla che, da quello che ho visto, il signor Turner è lungi dall'essere lo stronzo che invece è lei in quanto ufficiale di polizia competente sul caso. Se avesse svolto correttamente il suo lavoro sin dall'inizio, la presenza di Mr. Turner non sarebbe stata richiesta." Si rivolse a Marcus. "Una domanda, agente Moore: è una procedura corretta per la polizia informare immediatamente l'FBI in caso di sottrazione di minori?"

"Normalmente, sì, signorina Richardson."

Si rivolse di nuovo a Parker. "Può offrire un valido motivo per spiegare perché ciò non è accadutio, detective Parker? Proteggere il suo 'territorio di caccia' è più importante della vita di una bambina di nove anni?"

Parker sembrò in difficoltà e balbettò: "Beh, no signora... ma, vede, è così..."

"No, detective Parker. La sua incompetenza ha seriamente compromesso il recupero e la sicurezza di mia figlia. Questo è qualcosa che la sua spavalderia e le sue scuse non cambieranno né metteranno a tacere." Si rivolse a Marcus. "Ho ragione nel presumere che ora è il responsabile di questa indagine, agente Moore?"

"Sì, signora." L'Ufficio ha assunto il pieno controllo del caso."

"Secondo lei, il signor Turner è la mia migliore speranza di trovare mia figlia e di riportarla a casa da me?"

"Con la piena assistenza e la guida del Bureau, sì. Ci credo fermamente."

Si rivolse di nuovo a Parker. "Detective Parker, i suoi servizi non sono più necessari o richiesti. Voglio che lasci la mia casa immediatamente. Chiederò all'agente Moore di incontrare il capo della polizia per discutere della sua condotta e sosterrò qualsiasi indagine su come ha agito in questo contesto."

"Ma, signora Richardson..."

"Ora, detective Parker."

Parker guardò Marcus, poi Nicholas. "Non è ancora finita, stronzo. Devi ancora lavorare in questa città e non vedo l'ora di spaccarti il culo."

Nicholas guardò negli occhi di Parker. "Me lo ricorderò, Parker."

"È una minaccia? Stai davvero minacciando un agente di polizia?"

Nicholas gli sorrise.

"Se ne vada *adesso*, Parker, o la farò accusare di violazione di domicilio," disse Meredith.

Senza aggiungere altro, Parker si precipitò nell'atrio e sbatté la porta principale, mentre se ne andava.

I due tecnici stavano fissando sia Nicholas che Meredith con le bocche aperte.

"Signori, per favore chiudete le vostre bocche. Sembrate i cugini delle montagne Ozark," disse Meredith.

Chiusero le loro bocche con uno schiocco.

Meredith si rivolse a Marcus e Nicholas. "Signori, dal momento che mi sono fatto nemico il dipartimento di polizia locale, per favore non trasformatemi in una bugiarda. Trovate mia figlia e trovatela presto."

Marcus le fece un cenno con la testa. Nicholas la guardò con ammirazione, poi annuì. La sua forza continuava ad impressionarlo.

Mentre lasciava la stanza, Marcus borbottò a Nicholas, "Ora quella donna sarà il tuo angelo custode, Nicky!"

Non lo disse ad alta voce, ma Nicholas era d'accordo.

Si sedette al tavolo da pranzo di Meredith e lesse il fascicolo. Gli interrogatori erano stati condotti su tutti i vicini sulle strade su entrambi i lati. Nessuno aveva visto niente di insolito. Gli interrogatori erano stati condotti anche sugli amici di Meredith e molti dei suoi attuali clienti. I familiari erano stati contattati telefonicamente, dal momento che Meredith non aveva famiglia in città.

La trascrizione della telefonata era effettivamente nel file. La lesse e non scoprì nulla che Marcus non gli avesse detto. La compagnia telefonica aveva rintracciato la chiamata al telefono pubblico accanto a Kenzie's Seafood, un ristorante al porto famoso per il buon cibo. La polizia aveva parlato con la gente al ristorante, ma era un posto pubblico popolare, con molte persone che andavano e venivano. Nessuno aveva visto niente di insolito.

Nicholas chiuse il fascicolo. Si chiese da dove avrebbe potuto cominciare adesso, dato che la polizia aveva già interrogato tutti quelli con cui poteva pensare di parlare e non ne aveva ricavato nulla. Scosse la testa. Si sarebbe potuto dire qualsiasi cosa sulla personalità di Parker, ma era stato abbastanza accurato.

Era come se la ragazza fosse scomparsa nel nulla.

Proprio come la sua visitatrice mattutina.

Marcus entrò e si sedette accanto a lui. "Trovato niente?"

Nicholas scosse la testa. "No. Sembra che le basi siano state tutte coperte."

"Avrò due agenti assegnati a questo caso. Li invierò per parlare nuovamente con tutti, anche se penso che sarà un vicolo cieco. Sinceramente, Nicky, in questo momento tutto quello che possiamo fare è aspettare che i rapitori chiamino di nuovo."

"Ci sfugge qualcosa, Marcus. Dev'essere così. Ed è qualcosa di così ovvio che non ci stiamo pensando."

"Pensi che sia la madre?"

Nicholas scosse la testa. "No, non credo. Per tutta la forza che ha dimostrato, penso che stia per andare in pezzi."

"È già successo prima."

"Non questa volta."

Marcus guardò il suo amico. "Stai un po' sulla difensiva per la signora, Nicky?"

Nicholas non disse nulla.

"Certo, non potrei biasimarti," disse Marcus. "È una donna molto attraente."

"Stai zitto, Marcus."

"Tutto quello che sto dicendo è che Janey è morta da dieci anni, Nicky. Penso che sarebbe molto salutare per te mostrare un interesse per un'altra donna. Jane non avrebbe voluto che tu rimanessi da solo."

"Lascia perdere, Marcus."

"Come vuoi, amico mio." Indicò il file del caso. "Hai qualche idea? Riesci a pensare a qualcosa?"

"Potrei provare a rintracciare un informatore o due. Forse se spargerò la voce, qualcuno troverà qualcosa che posso usare per iniziare."

"Suona bene. Penso che cercherò di dormire un paio d'ore. Forse se mi perdo nel mondo dei sogni, qualcuno mi dirà cosa fare."

Il commento fece ricordare a Nicholas della sua visitatrice. Lo disse a Marcus.

"Interessante. È scomparsa?"

"Completamente."

"Arrestai un ragazzo una volta per rapina in banca. Giurò di averlo fatto perché glielo aveva detto un goblin. Descrisse il folletto con grande dettaglio e disse che era proprio lì accanto a lui e stava ridendo."

"Grazie amico. Questo mi fa sentire molto meglio."

"Forse stavi sognando."

"Allora come sono finito in piedi davanti alla porta dell'ufficio quando Meredith si è presentata?"

"Sonnambulismo e coincidenza."

Nicholas ci pensò su. "Forse. Ma sembrava così reale, Marcus."

"Non ho una risposta, Nicky. Potrebbe essere stato un sogno, forse innescato dalla sparatoria con il padre di quella ragazzina la scorsa notte."

"Forse."

"O hai una tana da coniglio nel tuo ufficio e il nome della ragazza è Alice."

Nicholas rise alla battuta del suo amico. "Marcus, sei un coglione."

"Sono un coglione scoglionato. Almeno tu hai dormito un po' ieri sera." Si alzò in piedi. "Penso che lascerò i tecnici qui e andrò a sdraiarmi. Se hai bisogno di me, chiamami al cellulare."

Nicholas fece un cenno di saluto e cercò Meredith. Era nel cortile sul retro, seduta su una grande altalena per bambini. Mentre la guardava dalla finestra sul retro, si rese conto che era davvero una donna attraente. Uscì a parlare con lei.

Mentre lui si avvicinava, lai fissava il terreno. Assomigliava molto ad una bambina smarrita. Sebbene avesse già visto questo tipo di sentimento vuoto nelle madri, questa volta il suo cuore si spezzò un po'. Mentre si avvicinava, lei gli rivolse la parola.

"Cosa pensa che stia sentendo in questo momento, signor Turner?"

"Onestamente? Non ho modo di saperlo. Ma mi piacerebbe."

"Penso che sia spaventata. Penso che si stia chiedendo perché la mamma non vada a prenderla. Penso che pensi che la sua mamma non la voglia più."

"Sono sicuro che non si sente in quel modo, signora Richardson. Sa che sua madre la ama."

"Vorrei poterla rassicurare, signor Turner. Darei qualsiasi cosa per abbracciarla di nuovo."

"La abbraccerà di nuovo. Glielo prometto. E per favore, mi vuol chiamare Nicholas?"

Lei annuì. "Se mi chiamerai Meredith."

"Sicuro."

"Allora, qual è la prossima mossa, Nicholas? Hai qualche idea?"

"Ho alcuni informatori che potrebbero aver sentito qualcosa. Sono venuto qui per dirti che ora vado a trovarli. È quasi buio, quindi usciranno. Non sono le persone migliori del mondo, ma hanno le loro abitudini."

Impulsivamente, le prese la mano. "La troverò, Meredith."

"Lo so. Ma farai in tempo?"

Non seppe darle risposta.

Capitolo 3

Nicholas stava guidando lungo Hooker Hollow. Il vero nome della strada era Terza Strada, ma a causa dei bar, dei negozi per adulti e dei peep show, la strada aveva guadagnato il suo nuovo nome prima che lui entrasse nel dipartimento di polizia. Anche se era appena passato il crepuscolo, era ancora presto per la maggior parte dei clienti abituali dell'Hollow per iniziare gli affari della sera. C'erano alcune prostitute che urlavano ai veicoli di passaggio, ma le loro urla non avevano l'esuberanza che sarebbe stata esibita in seguito. C'erano alcune persone che camminavano lungo la strada, alcune impettite come se possedessero la città, e alcune furtivamente, come se temessero che le loro nonne sarebbero venute a prenderle lì.

Aveva deciso che la sua migliore scommessa tra i suoi informatori sarebbe stata Snickers. Snickers era un ex drogato che era stato coinvolto in quasi ogni tipo di crimine per alimentare la sua dipendenza. Quando era nella pattuglia di strada, Nicholas aveva arrestato Snickers per aver rubato in un negozio di liquori. Snickers aveva iniziato immediatamente ad offrire informazioni su tutto ciò che Nicholas voleva sapere, purché Nicholas non lo sbattesse in cella. Nicholas gli aveva fatto una controproposta: se le informazioni fossero risultate accurate, avrebbe fatto sparire le accuse.

Le informazioni erano state accurate e Nicholas era stato fedele alla sua parola. La loro relazione di collaborazione era cresciuta e le informazioni di Snickers erano state direttamente responsabili della promozione di Nicholas a detective. Come regalo, Nicholas aveva pagato a Snickers l'entrata in una buona clinica di riabilitazione per ripulirsi.

Snickers, grato, era ancora in contatto con le sue connessioni sotterranee, ma era rimasto pulito. Aveva un talento per i computer e aveva trovato un lavoro come programmatore di computer. Era un uomo piccolo e dall'aspetto di un topo e subiva ancora le contrazioni nervose che aveva sviluppato da drogato. Passava la maggior parte delle serate da McFeely, un bar nell'Hollow. Il McFeely's, comunemente noto per la strada come "McProvami", era un posto tosto che serviva bevande forti a clienti più duri e aveva la reputazione di essere in grado di fornire quasi tutto ciò che una persona potesse volere. Le risse scoppiavano regolarmente, ma raramente avevano coinvolto Snickers.

Nicholas parcheggiò in strada a un isolato e mezzo da McFeely. Mentre scendeva dalla macchina, una donna si avvicinò a lui.

"Nicky Turner! Nicky, quando la finirai con tutti questi *preliminari* e mi fotterai per bene, ragazzo?" disse.

"Tiffany, mi ucciderebbe," disse scherzosamente. "Non ho intenzione di pagare per essere ucciso."

"Peccato," lei rispose. "Ho sentito che ti stavi *scopando* Jasmine e io sono molto meglio di lei."

"Non è vero, Tiff. Sai che sei la mia unica amante. Inoltre, non scoperei Jasmine con un cazzo rubato e qualcun altro che spinge."

Tiffany rise. "Questa l'ho *già* sentita!"

"Hai visto Snickers stasera?"

"No, ma non ho nemmeno cercato quel suo culo stretto."

"Se lo vedi, gli diresti di incontrarmi da McProvami?"

"Sicuro, baby."

"Abbi cura di te, Tiff."

"Anche tu, grande stallone!"

Nicholas cominciò a camminare verso McFeely, annuendo ad alcune delle persone che conosceva. Negli ultimi dieci anni era circolata la voce del tipo di lavoro che Nicholas svolgeva da quando era diventato un investigatore privato. Un pieno novanta percento dei suoi casi coinvolgeva bambini in una certa misura e, tra i criminali, le persone che incasinano i bambini erano i più infami degli infami. Se Nicholas fosse stato coinvolto in un caso di abusi sui minori, avrebbe potuto contare su un aiuto praticamente da parte di tutti coloro che si trovavano nell'Hollow, laddove un caso di supporto per i bambini poteva non procurargli nessun tipo di aiuto. Questa gerarchia criminale lo sorprendeva costantemente, ma prendeva il suo aiuto dove poteva ottenerlo.

Era ad un isolato da quello di McFeely quando notò la bambina.

Era in piedi di fronte a McFeely e fissava intensamente Nicholas. Quando si accorse che l'aveva vista, agitò una mano come a dire "andiamo, sbrigati", mentre indicava il bar con l'altra. Era la stessa ragazzina che aveva visto nel suo ufficio quella mattina ed era ancora vestita com'era allora.

Si bloccò per un minuto in mezzo sul marciapiede. Una delle persone che passavano lo toccò sulla spalla e chiese, "Ehi, stai bene, amico?"

"Non lo so," rispose Nicholas. "Ehi! Resta lì." Iniziò a correre verso il bar, indicando la bambina. "Non muoverti."

La gente si stava voltando per vedere con chi stava parlando Nicholas. Mentre Nicholas si avvicinava alla bambina, lei gli sorrise e gli fece un altro segno con il dito. Poco prima che la raggiungesse, un gruppo di persone uscì da McFeely e la bloccò alla sua vista. Quando si spostarono, la ragazza era sparita. Si guardò intorno, ma non c'era nessun luogo in cui potesse nascondersi. Non c'erano vicoli in cui entrare e nessuna macchina all'interno della quale nascondersi. Era scomparsa nel nulla!

A meno che non fosse entrata nel bar.

Entrò nel bar appena in tempo per vedere un uomo enorme sferrare un pugno al lato della testa di Snickers. Snickers cadde in uno dei tavoli con panche lungo il muro, stordito. L'enorme uomo infilò una mano nella tasca della giacca e tirò fuori un coltello. Avanzò verso Snickers.

Nicholas non esitò. Corse dall'uomo e gli diede due rapidi colpi ai reni, a destra e a sinistra. L'uomo si voltò lentamente verso di lui.

Oh merda, pensò Nicholas.

"Non ti conosco, stronzo, ma se vuoi un pezzo della sua merda, posso sicuramente dartelo!"

Nicholas alzò le mani in un gesto di "aspetta un minuto", poi guidò le dita irrigidite della sua mano sinistra sul pomo d'Adamo dell'uomo. Gli occhi del grande uomo si spalancarono e lasciò cadere il coltello. Le sue mani andarono alla sua gola e ansimò. Un piccolo rivolo di sangue cominciò a correre da un lato della bocca. Barcollò.

"Puoi respirare, ragazzone. Può far male come l'inferno, ma puoi respirare. Adesso vai fuori di qui," disse Nicholas. L'omone uscì pesantemente dal bar.

Snickers fu assistito dallo stesso Hank McFeely. McFeely aiutò Snickers a rimettersi in piedi. Snickers gli fece cenno di lasciarlo andare.

McFeely disse a Nicholas, "Grazie, Nicky. Quel tizio avrebbe ucciso Snickers e non credevo che la mia mazza da baseball lo avrebbe fermato."

"A dire il vero, Hank, pensavo di aver fatto il passo più lungo della gamba."

McFeely rise. "Sembrava così infatti. Avresti dovuto vedere la tua faccia quando i colpi ai reni non hanno funzionato."

Anche Nicholas rise. "Ehi, Hank. Non hai visto una bambina entrare qui prima che Snickers venisse preso a pugni, vero?"

"No, ma non ho visto entrare nemmeno *te*. Chiederò in giro."

"Grazie, Hank."

Nicholas prese il braccio di Snickers per richiamarlo all'ordine. "Perché quella montagna ti ha colpito, Snick?"

Snickers scosse la testa. "Mi ha detto di togliermi di mezzo, sai com'è..."

"Che cosa gli hai detto?"

"Gli ho detto di andarsi a scopare un albero; sempre meglio di sua moglie."

Nicholas iniziò a ridere e, dopo un minuto, lo stesso fece Snickers.

"Piuttosto stupido, eh, Nicky?"

"Sì. Dai, Sugar Ray, ho delle domande per te."

Andarono ad un tavolo sul retro e si sedettero. Hazel, la cameriera, portò loro una birra.

"Con i complimenti di Hank, ragazzi. Bevete."

"Grazie, Hazel," disse Nicholas.

Snickers prese un lungo sorso della sua birra. "Allora, cosa sta succedendo, Nicky? Sembra che ti sia debitore, sai?"

McFeely arrivò al tavolo prima che Nicholas potesse rispondere. "Nessuna bambina, Nicky. Sei sicuro che sia entrata qui?"

"No, non lo sono. Ma grazie per aver chiesto in giro e grazie per le birre."

"Piacere mio, ragazzi." Se ne andò.

Nicholas disse: "Tre giorni fa, in pieno pomeriggio, una bambina è stata rapita." Gli raccontò la storia.

"Non ho sentito niente, Nicky, ma terrò le orecchie aperte per te." Snickers si picchiettò le labbra con la punta del dito indice. "*Ho* sentito una o due voci su qualcosa, ma non so se ha qualcosa a che fare con questa storia."

"Che cosa?"

"Bene, ci sono questi ragazzi ricchi che sono poi un piccolo gruppo, mi capisci? Non voglio dire che sono qui in città - sono in tutto il mondo. Ma a loro piace fare un sesso strano e non amano le prostitute. Le vogliono piccole, sai?"

"Continua."

"Un mio amico è stato contattato un paio di anni fa. Il ragazzo ha detto che questo gruppo avrebbe pagato un ragazzo per rapire una ragazza, ma doveva essere un certo tipo di ragazza... una sorta di "tipo su misura", mi capisci? Tipo una ragazza con i capelli castani e certe misure... non più vecchia di ventuno anni." Snickers beveva birra. "Immagino che questi ragazzi se la passerebbero tra di loro finché non l'avranno fottuta tutti, poi si libererebbero di lei."

"Libererebbero di lei come, Snick?"

Snickers piegò la mano a forma di pistola e la puntò contro la propria testa. "Quindi mi chiedo, Nicky, se forse questi ragazzi hanno deciso di andare ad fare la spesa più vicino nel quartiere, mi capisci?"

"Il tuo amico accettò il contratto?"

Snickers scosse la testa. "No, quella merda ti butta addosso i federali come la puzza sulla merda, sai? Non voleva certo passare il cannone a quei grassoni ricchi per farli godere."

"Come avrebbe dovuto avvisarli il tuo amico quando il lavoro fosse finito?"

"Non lo so per certo, Nicky. Non è arrivato così lontano, sai? Ma ha avuto l'idea che il contatto fosse un grosso straniero che non poteva essere toccato. Non è che gli hanno detto qualcosa, ma questa è l'idea che si è fatto."

"Pensi di poterlo contattare stasera?"

"Posso solo provare, sai? Ma ti chiamo se ottengo qualcosa."

"Senti, Snick, mi hai sentito parlare di Marcus Moore, giusto?"

"Il Federale? Sì, me lo ricordo."

"Lui sa chi sei e cosa facciamo, quindi se non riesci a raggiungermi per qualche motivo, chiama lui." Nicholas tirò fuori un piccolo taccuino, annotò il numero di cellulare di Marcus e lo consegnò a Snickers.

"Deve essere un caso tosto per te, eh, Nicky?"

"No, è un caso freddo... ma penso che con il tuo aiuto possiamo risolverlo. Ho bisogno di tutto ciò che puoi ottenere non appena ce l'hai."

"Lo so, lo so... ne avevi bisogno ieri."

"E fammi un altro favore, Snickers."

"Dimmi, Nicky."

"La prossima volta, guarda chi hai davanti prima di dar fiato alla bocca."

Nicholas lasciò il bar mentre Snickers rideva.

Capitolo 4

Fuori dal bar, Nicholas si guardò di nuovo intorno, cercando di capire dove si sarebbe potuta nascondere la bambina. Nessun posto che potesse vedere sarebbe stato in grado di nasconderla così velocemente. Scuotendo la testa, tornò alla sua macchina.

C'era un biglietto del parcheggio sotto il parabrezza.

Si guardò intorno. Per quanto ne sapeva, non aveva parcheggiato abusivamente. Nessun idrante, nessun segnale "divieto di parcheggio" o "parcheggio tra le... e le..." da nessuna parte e non stava bloccando alcuna area di consegna.

Parker, pensò. Il detective aveva deciso di essere meschino e aveva ovviamente incaricato gli agenti di polizia di molestarlo ovunque trovassero la sua auto. Bene, quello era un problema che poteva essere affrontato immediatamente.

Quando Nicholas si era dimesso dal dipartimento, il capo degli investigatori gli disse che se voleva riprendersi, il capo avrebbe fatto qualsiasi cosa ragionevole per aiutarlo. Il capo aveva mantenuto la sua parola e aveva persino inviato del lavoro a Nicholas. Si era rivelato un amico.

Ora, l'ex capo dei detective era capo dell'intero dipartimento di polizia della città.

Nicholas prese il cellulare e compose il numero di casa del capo.

"Pronto?"

"Ciao, capo! Sono Nicholas Turner."

"Nicholas! Come va? Ho sentito che hai risolto un altro caso, ieri sera. Quante volte hai intenzione di fare l'eroe, Turner?"

"Non sono un eroe, signore. Sono solo fortunato, immagino."

"Ho sentito che stai seguendo il rapimento di Richardson."

"Sissignore, è corretto."

"L'ho sentito dalla signora Richardson. L'ho sentito anche da quel tuo amico dell'FBI. Entrambi mi hanno detto che Parker ti ha dato un po' di fastidi. L'ho richiamato all'ordine questo pomeriggio, gli ho fatto il culo."

Nicholas sorrise. "Sono sicuro che l'ha fatto, signore. Ecco perché sto chiamando. Penso che Parker abbia deciso di vendicarsi." Raccontò al capo del biglietto del parcheggio.

"Chi ha scritto quel biglietto, Turner?"

Nicholas guardò il biglietto. La luminosità al neon di Hollow dava molta luce. "Sembrerebbe l'agente Martin, capo."

"Fammi un favore, Nicholas. Puoi restare fermo lì per circa quindici minuti?"

"Certo."

"Grazie, figliolo. E se c'è qualcosa che ti serve da me, chiamami. In qualsiasi momento."

"Grazie, capo." Nicholas riattaccò e si appoggiò alla sua macchina.

A quanto pareva, Tiffany stava facendo grandi affari, perché non era nei paraggi. Ma molti altri clienti regolari dell'Hollow si fermarono a parlare con lui. Gli chiesero come stava e a cosa stava lavorando. Quando raccontò loro di cosa si trattava, tutti si offrirono di aiutarlo e promisero di chiamarlo se avessero sentito qualcosa. Ancora una volta, la parte sentimentale dei criminali lo stupì. Alcune di queste persone ti avrebbero ucciso per le tue scarpe, ma se un bambino era nei guai, si davano da fare per aiutare.

Era appoggiato alla sua macchina da circa dieci minuti quando una macchina della polizia cittadina parcheggiò in doppia fila a fianco alla sua auto. Gli habitué che fino a quel momento si erano intrattenuti a parlare con lui, tagliarono la corda. Entrambi gli agenti scesero dalla macchina e si avvicinarono a lui.

"Sig. Turner?" chiese uno degli agenti.

"Sono io."

"Signore, sono l'Agente Jason Martin. Credo di aver emesso per errore una multa per parcheggio fuori posto. Se me la restituisce, me ne occuperò io, signore, con le mie scuse."

"Grazie, Martin. Puoi portare al Detective Parker un messaggio per me?"

"Sissignore."

"Digli di darsi una calmata finché ha ancora un lavoro. Digli che gli fotterò la vita se non lo farà."

"Sarò felice di riferire, signore. Ci scusiamo per il disagio."

"Buona notte, signori," disse Turner.

Mentre si allontanava, pensò a Parker. Sapeva che chiedere all'agente di passare quel particolare messaggio avrebbe solo fatto infuriare il detective nell'escalation delle molestie, ma a lui non importava. Qualcosa del detective lo aveva irritato nel modo peggiore, ma non poteva dire per sicuro ciò che lo infastidiva.

I suoi pensieri si rivolsero alla ragazzina mentre guidava verso il suo ufficio. Si era presentata due volte adesso e la seconda volta era sobrio, quindi ciò rendeva meno probabile l'idea di un'allucinazione. Entrambe le volte erano successe appena prima che accadesse qualcosa di significativo. La seconda volta era accaduto appena in tempo per impedire a Snickers di essere ferito o pugnalato o forse addirittura ucciso. E la prima volta era stata appena prima dell'arrivo di Meredith in ufficio. Quindi, no, la ragazza non era stata un'allucinazione. Ma chi era? E dove diavolo era sparita?

Entrò in un drive-thru di McDonald's e ordinò un hamburger e patatine fritte. Dopo aver ricevuto il suo cibo, percorse il resto della strada verso il suo ufficio. Salì le scale, aprì la porta e entrò. La posta era sul pavimento davanti alla porta. La raccolse e si sedette dietro alla sua scrivania. Aveva un messaggio sulla sua segreteria telefonica. Premette "play" per ascoltarlo, quindi premette il pulsante di accensione sul suo computer. Doveva scrivere tutto quello che era successo quel giorno sul caso in corso, così come il rapporto finale del caso che aveva concluso la notte precedente. Il messaggio era della madre del suo caso precedente.

"Sig. Turner, non ci sono parole che possano farle capire quanto le sono grata. Jessica sta bene e può tornare a casa venerdì. Sarei onorato se venisse a casa per incontrarla..." Nicholas interruppe la riproduzione del messaggio. Era imbarazzato dall'attenzione e quei ringraziamenti lo facevano sentire a disagio. Inoltre, non pensava davvero che la ragazza avrebbe voluto incontrare l'uomo che aveva ucciso suo padre. Avrebbe presentato la sua relazione finale insieme alla sua parcella alla madre e l'avrebbe finita lì.

Richiamò il programma di elaborazione testi che utilizzava per i suoi rapporti e digitò il rapporto finale. Quindi aprì il suo software di fatturazione e preparò il conto. Li stampò entrambi, li mise in una busta e li preparò per la spedizione. Inserì le informazioni di fatturazione di Meredith nel programma e inserì l'importo dell'acconto che gli aveva pagato, quindi chiuse il programma. Nel programma di elaborazione testi, aprì una pagina bianca e iniziò a pensare a ciò che voleva dire nei suoi appunti.

Il suo panino e patatine fritte rimasero non consumati - li aveva dimenticati. Il frigorifero nella sua zona giorno era quasi vuoto, così decise di andare al piano di sotto, alla macchina per bibite appena fuori, per prendere qualcosa da bere. Prese con sé la sua lettera per lasciarla nella cassetta della posta.

Quando tornò, aprì la sua cena e prese un grosso boccone dal sandwich. Masticando, si rivolse al computer.

Un "Ciao" era sullo schermo.

Scuotendo la testa e pensando che doveva aver colpito per sbaglio un paio di tasti, cancellò la parola. Prima che potesse fare qualsiasi altra cosa, "ciao" apparve di nuovo. Si appoggiò allo schienale della sedia, guardando lo schermo. La parola apparve di nuovo sotto la prima, poi di nuovo, in una colonna:

ciao

ciao

ciao

Nicholas cancellò le parole con il pulsante backspace.

Apparvero di nuovo, come prima.

ciao

ciao

ciao

"E questo che diavolo è?" borbottò tra sé e sé.

Mentre cercava di nuovo il tasto cancelletto, lo schermo si animò.

"Ciaociaociaociaociaociaociaociaociao..." apparve, continuando su tutto lo schermo. Nicholas, sbalordito, premette rapidamente il tasto "ESCI". La parola si fermò.

Si appoggiò allo schienale della sedia, guardando lo schermo del computer. Ebbe un'idea, spense la connessione a Internet e si appoggiò allo schienale della sedia.

Una nuova parola apparve sullo schermo mentre guardava. "Ciao", si leggeva.

La pelle d'oca gli percorse le braccia. Dopo un momento, allungò la mano verso la tastiera e digitò.

"C'è qualcuno?" digitò.

Quasi prima che finisse la domanda, apparve un "sì".

"chi sei?"

"tu"

"come ti chiami?"

"non posso dirtelo"

"come ti chiama la gente?"

"niente"

"che cosa stai facendo?"

"parlando con te"

"perché non mi parli nel mio ufficio?"

"lo ha già fatto"

"quando?"

"questa mattina"

"sei Meredith?"

"no"

Si appoggiò allo schienale della sedia e pensò per un minuto. L'unica altra persona che era stata nel suo ufficio quella mattina era la bambina. Iniziò a digitare di nuovo.

"sei la bambina?"

"sì"

"chi sei?"

"tu"

"non puoi essere me. "Io non sono una bambina!"

"tu"

Ci pensò per un minuto, poi digitò.

"come sei sparita dal mio ufficio così in fretta?"

"sono andata via"

"come?"

"sono andata via"

"mi hai svegliato tu stamattina?"

"sì"

"perché?"

"dovevi alzarti"

"perché?"

"dovevi incontrare la donna"

"vuoi dire Meredith?"

"sì"

"perché?"

"dovevi incontrarla"

"perché dovevo incontrarla?"

"devi salvare karen"

"cosa sai di Karen?"

"non posso dirtelo"

"perché no?"

"non mi è permesso"

"non ti è permesso?"

"non mi è permesso posso solo aiutarti"

"dimmi quello che sai che potrà aiutarmi."

"posso solo aiutarti devi essere tu quello cha la troverà"

"come riesci a farlo?"

"fare cosa?"

"a fare apparire le parole su questo schermo"

"non so sto solo pensando"

"perché non torni nel mio ufficio e mi parli?"

"non posso ancora parlare"

"non puoi ancora parlare? non ti è permesso?"

"non ancora."

Nicholas smise di digitare per un momento per darsi il tempo di pensare. Era confuso, perché la conversazione era un grosso enigma. Nella sua mente, non era convinto di stare conversando con la bambina. Ma se non era lei, chi era? E a cosa o a chi si riferiva con alcune di quelle risposte?

Aveva un modo per scoprire di sicuro se era davvero la bambina.

Digitò, "ti ho visto stamattina?"

"sì"

"dove?

"hollow"

Nicholas era ormai convinto che fosse la bambina, perché non aveva avuto la possibilità di dire che l'aveva rivista a nessuno. Non sapeva come riuscisse a parlare con lui al computer, in un programma di elaborazione di testi senza connessione esterna... eppure, eccola qui. Questo gli suscitò un'altra serie di domande.

"perché sei venuta all'Hollow?"

"dovevi salvare Snickers"

"perché?"

"lui può aiutarti"

"aiutarmi con cosa?"

"trovare karen"

"come facevi a sapere che Snickers aveva bisogno di aiuto?"

"appena saputo"

"qualcuno ti ha detto che era nei guai?"

"solo appena saputo"

Altri enigmi. Nicholas decise che doveva trovare la ragazza e parlarle, così provò qualcos'altro.

"dove sei?"

"con te"

"non ti vedo qui. Dove sei?"

"con te sono sempre con te"

"per favore non mentire. Posso proteggerti, se hai paura."

"non spaventata"

"allora dove sei?"

"con te"

"chi sei?"

"tu sono parte di te"

"stai dicendo che sto scrivendo entrambe le parti del nostro discorso?"

"no"

"allora chi sei?"

"tu sono parte di te"

La pelle d'oca cominciò a ripercorrere le sue braccia. Nicholas era confuso. Qualcuno doveva aver truccato il suo computer mentre era via, ma non riusciva a capire come. Ma nessuno sapeva che aveva visto la bambina di nuovo quella sera. Non poté fare a meno di pensare che forse stava perdendo la testa e che stava digitando entrambe le parti della conversazione senza saperlo. Decise di provare qualcos'altro.

Digitò, "karen sta bene?" poi mise le mani sotto le sue gambe.

"sì, ha paura e fame" apparve sullo schermo.

Tolse le mani da sotto le gambe. Se aveva digitato quell'ultima riga, si era illuso di pensare che le sue mani fossero sotto le gambe. Non pensava che fosse vero, ma come poteva esserne sicuro?

Digitò, "dov'è karen?"

"posso solo aiutarti devi essere tu a trovarla" apparve di nuovo sullo schermo.

"dirmi dove si trova mi aiuterà. me lo dirai?"

"non mi è permesso"

"Dannazione," disse sottovoce.

"Non fare così" apparve.

Era sorpreso. "non fare cosa?" digitò.

"imprecare"

"riesci a sentirmi?"

"sì"

"hai un microfono nascosto qui?"

"no"

"allora come mi hai sentito?"

"non so"

"dove sei?" digitò di nuovo.

"con te stupido ti ho detto"

"se sei qui, mostrati."

"non posso"

"perché non puoi?"

"snickers"

I colpi risuonarono sul vetro della porta dell'ufficio. Nicholas si spaventò così tanto che estrasse la pistola. "Avanti!" gridò, puntando la pistola contro la porta.

Si aprì e Snickers entrò. Vide Nicholas puntare la pistola contro di lui, alzò le mani e disse: "CRISTO, Nicky, sono io!"

Nicholas rimise la pistola nella fondina e scosse la testa. "Mi dispiace, Snickers. Mi hai spaventato."

"Cavolo, Nicky, sparerai a tutti quelli che entrano dalla porta? Cosa succede?"

"Niente, amico. Solo alcune cose strane che stanno accadendo con questo caso."

"Devi stare attento, sai? Prima mi salvi le palle per poi spararmi? Specialmente ora che ho notizie, sai?"

Nicholas si portò rapidamente un dito alle labbra in un gesto "shh", poi alzò la mano come un vigile urbano. Si alzò da dietro la scrivania, prese Snickers per un braccio e disse: "Dai, facciamo una passeggiata."

Nel corridoio, Nicholas chiuse a chiave la porta dell'ufficio, poi si diresse rapidamente con Snickers al piano di sotto e fuori.

"Snick, hai detto a qualcuno che stavi venendo qui? Intendo chiunque!"

"No, Nicky, sono venuto qui in macchina appena ho avuto qualche notizia, sai? Perché, qualcuno mi segue?" disse, guardandosi intorno nel parcheggio.

"No, ma sta succedendo qualcosa di strano qui e non riesco a capirlo."

"Beh, lascia che ti dica quello che ho e poi mi andrò a rintanare da qualche parte finché non lo capirai, sai? Non penso di voler essere messo in mezzo a qualcosa che potrebbe non essere nel mio interesse, sai?"

"Non ti biasimo, Snick. Hai parlato con il tuo amico?"

"Sì. Come ho detto prima, ha rifiutato, sai? Ma lui conosce il ragazzo che ha accettato il lavoro. E il tipo che ha accettato il lavoro potrebbe parlarti, secondo il mio amico."

"Ottimo, Snickers! Forse è una pista."

"Penso di sì, Nicky, perché il mio amico dice che quell'idiota si sta nascondendo, sai? Pensa che qualcuno lo stia inseguendo."

"Chi lo segue?"

"Non lo so. Il mio amico non me l'ha detto e non ho fatto domande, sai? Ma il mio amico mi ha dato l'indirizzo dove puoi trovare l'idiota. Ti cercherà. Penso che voglia un po' di protezione, sai?"

"Gliela darò se mi dà qualcosa che posso usare. Dov'è?"

"Ecco, l'ho scritto, sai?" Snickers diede a Nicholas un pezzo di carta con un nome e un indirizzo scritto sopra. Sembrava che fosse nel parco industriale. "Non male dopo un paio di telefonate, eh, Nicky?"

"Niente male, Snickers. Grazie amico."

"Ehi, voglio solo aiutare la bambina, sai? Ci vediamo, Nicky. Chiamami se hai bisogno di qualcos'altro. E stai attento, lo sai?"

"Anche tu!"

Snickers se ne andò e Nicholas rientrò nell'edificio e salì le scale fino al suo ufficio. Aprì la porta ed entrò.

Lo schermo del computer aveva una nuova riga scritta in basso.

"dì a Marcus dove stai andando"

Nicholas crollò sulla sedia dietro la scrivania e fissò lo schermo. Dopo un momento, allungò la mano verso la tastiera e digitò.

"come fai a sapere che vado da qualche parte?"

"l'ho visto l'ho sentito è divertente"

"come conosci snickers?"

"così"

Poi apparve un'altra riga sotto.

"ti vuole bene perché l'hai salvato ti chiama il suo fratello maggiore"

Nicholas lasciò che la cosa fosse assimilata per un minuto.

"come puoi saperlo?"

"così"

"hai incontrato snickers?"

"no"

"vuoi incontrare snickers?"

"sì"

"perché?"

"lui ti ama"

"conosci Marcus?" digitò.

"no"

"hai mai parlato con Marcus?"

"no anche lui ti vuole bene sai fare quello che lui non può"

"come lo sai se non lo hai conosciuto?"

"digli solo dove stai andando è importante"

"dove sto andando?"

"a parlare con quell'uomo"

"perché dovrei dirlo a Marcus?"

"devi è pericoloso per favore diglielo"

Nicholas ebbe un'idea.

"no"

"no cosa"

"non dirò a marcus dove sto andando."

"devi"

"no"

"per favore"

"no"

"perfavoreperfavoreperfavoreperfavoreperfavoreperfavore..."   iniziò   a
riempire lo schermo. Nicholas premette di nuovo il tasto "Esci", quindi iniziò a
digitare.

"glielo dirò ad una condizione."

"cosa"

"dici che sei con me. fatti vedere."

Nessuna risposta apparve sullo schermo. Nicholas digitò di nuovo.

"mostrati e chiamerò marcus."

"provar a guardare"

Nicholas si appoggiò allo schienale della sedia, aspettando. La sua bibita fu
improvvisamente rovesciata, riversandosi su tutta la scrivania. Saltò su cercando
di non bagnarsi i pantaloni. Prese dei fazzoletti dalla scatola sulla sua scrivania e
asciugò il liquido versato. Quando ebbe finito, guardò lo schermo del computer.
Apparve una nuova frase che gli provocò i brividi lungo la schiena.

"oops ho fatto un casino mi dispiace"

Fissò la frase per un momento, cercando di dare un senso alla situazione.
Alla fine, prese la tastiera e digitò.

"hai rovesciato la lattina?"

"sì è stato difficile quasi non riuscivo"

"sei un fantasma?" digitò lentamente.

"no sciocco"

"chi sei?"

"ti ho detto che sono parte di te"

"se non sei un fantasma, cosa sei?"

"non posso dirlo non ancora ho il permesso, devi indovinare"

Nicholas fu sorpreso di scoprire che era affascinato e curioso, ma non
spaventato. Continuava a pensare che se avesse fatto la domanda giusta, avrebbe

scoperto cn cosa o con chi aveva a che fare, ma non riusciva a pensare a cos'altro avrebbe potuto chiedere. Tornò a un argomento su cui aveva sorvolato.

"prima hai detto che dovevo incontrare la donna. perché?"

"dovresti"

"perché dovrei?"

"tu sei suo lei è tua dovresti essere"

Nicholas si stupì di quell'affermazione, e si appoggiò alla sedia. La bambina era in piedi alla sua destra. Sobbalzò ed urlò "Cazzo!"

La bambina aveva un'espressione di concentrazione sul viso. Le parole apparivano sullo schermo del computer.

"ti ho detto non lo fare non è bello"

"Okay, dolcezza, non so come sei arrivata qui, ma non te ne andrai finché non avrò delle risposte!" disse Nicholas, mentre allungava una mano verso il braccio della ragazza.

La sua mano passò *attraverso* il braccio di lei. La sua mano sentì un formicolio caldo. Il suo viso fu attraversato da diverse emozioni... incredulità, paura, meraviglia.

"Come hai... come è stato..." balbettò.

Lei aveva di nuovo quell'aspetto concentrato e sullo schermo apparvero nuove parole.

"non potevo non posso essere reale a meno che non mi sforzo è pericoloso"

Guardò la ragazza e per la prima volta studiò i suoi lineamenti. La somiglianza con la sua defunta moglie era molto forte.

"Janey?" disse lentamente. La ragazza scosse la testa e una parola apparve sullo schermo.

"no"

Poi si ricordò di qualcosa che aveva cercato tanto di dimenticare. La notte in cui la sua vita era passata direttamente lungo il sentiero verso l'Inferno.

Non l'aveva mai detto a Jane, ma quel loro figlio abortito era una bimba.

La loro figlia.

Con le lacrime che gli appannavano gli occhi, balbettò: "Ma... Madeline?"

La ragazza annuì, poi disse: "Ciao, papà."

Nicholas fece qualcosa che non aveva mai fatto nei suoi trentasei anni.

Svenne.

Capitolo 5

Nicholas stava sognando.

Nel suo sogno, lui e Jane stavano facendo un picnic in un parco. La loro figlia, Madeline, stava correndo e giocando mentre loro mettevano il cibo sul telo. Jane chiamò Madeline per venire a mangiare e fecero uno dei pasti più buoni della loro vita.

Dopo aver mangiato, riposero tutto nel cestino. Madeline stava giocando di nuovo e Nicholas si sdraiò sulla coperta con la testa in braccio a Jane. Jane gli accarezzava i capelli e entrambi guardavano Madeline giocare.

"Ti vuole bene così tanto, Nicky," disse Jane.

Lui annuì.

"Ti è stato dato un grande regalo, grande stallone," disse. "Ha discusso per tutto questo tempo che eri così giù e che non era giusto per te stare solo, specialmente visto che aiutavi tanti bambini."

"Sto solo facendo quello che mi viene naturale, Janey," disse. "Amo i bambini... da sempre."

"Non è solo per i bambini, Nicky. È perché fai sempre la cosa giusta... ma questa volta avrai bisogno di molto aiuto per trovare quella bambina prima che sia troppo tardi. Inoltre, è probabilmente l'unico modo per far star buona Madeline," disse con un sorriso. "Allora, starà con te per un po, e nessuno di noi sa per quanto tempo. Ma ci sono delle restrizioni su di lei e lei ti dirà cosa sono. Ascoltala, Nicky. Ti indicherà la direzione in cui devi andare."

Li annuì ancora, sentendo il sonno che lo sopraffaceva.

"Ti amo, Nicholas Turner, e voglio che tu sia di nuovo felice." Gli baciò la fronte e, mentre finalmente si addormentava, la sentì mormorare: "Voglio che tu vada avanti, stallone. Va tutto bene. E ama il tuo angelo, ok?"

Mentre si addormentava, udì Madeline dire, "Papà, svegliati. Alzati, papà! Svegliati!"

Nicholas si svegliò di soprassalto. Era appoggiato allo schienale della poltrona alla scrivania. Accidenti, che sogno...

"Cavolo, papà, sei un po' ritardato!" disse Madeline.

Tutto gli tornò alla mente. "Come è possibile tutto questo? Non sei mai nata, non puoi essere qui!"

Lei ridacchiò. "Paaaaapi, mamma non ti ha parlato?"

Lui disse: "Stavo sognando di lei proprio ora."

Lei annuì. "Sì, ha parlato con te. Ha detto che lo avrebbe fatto."

Nicholas cercò di toccarle il viso. La sua mano la attraversò di nuovo.

"Smettila, papà, fai il solletico!"

"Aspetta un attimo, Madeline. Com'è che sei improvvisamente in grado di parlare? Avevi detto che non ti era permesso."

"Non mi era stato permesso... non finché non hai indovinato chi fossi. Era una di quelle merdose *restrizioni*!" disse lei furente. "Puoi essere così tardo a volte. Pensavo che non avresti mai indovinato!"

Nicholas non riusciva ancora a credere a quello che stava succedendo. Scosse la testa. Come poteva lo spirito di sua figlia stare qui a parlare con lui? Non era possibile. Non era mai nemmeno nata, eppure eccola lì - apparentemente nell'età e nella fase di sviluppo in cui sarebbe stata se fosse vissuta. Ed era così bella - la somiglianza con Jane era incredibile, ma lui poteva vedere anche se stesso in lei.

Aveva un milione di domande, ma non aveva idea da dove cominciare. Alla fine decise di iniziare con le basi.

"Madeline, perché sei qui? E perché ora?"

"Oh, papà. Non hai ascoltato mamma?"

Annuì, ricordando il suo sogno.

"Sono qui per aiutarti perché ne hai bisogno. Hai bisogno *me*. La mamma ha detto che avevi bisogno di chi... chiu..."

"Chiudere?"

"Sì, questa è la parola. E io ti voglio bene, papà. Sono sempre con te e anche la mamma. Ma tu non lo sapevi e dovevi saperlo."

Nicholas annuì. Aveva una lacrima che gli scorreva lentamente in viso, ma non ne era consapevole.

"Tu e tua madre siete tutto ciò a cui ho pensato negli ultimi dieci anni. Non posso fare a meno di chiedermi che cosa avrebbe potuto essere... e mi manca ciò che poteva *essere*. E, *oddio*, fa così male."

"Lo so. Ma, papà, hai una seconda possibilità di essere felice. Non dovrei dirtelo, ma non mi interessa. Sei il mio *papà*."

"Madeline, come posso avere una seconda possibilità? Tu e tua madre siete entrambe morte! Come funzionerà?"

"Non è con noi, papà. Il nostro tempo qui è finito. Il tuo non lo è. La tua seconda possibilità è con Meredith e Karen. Ma solo se salvi Karen in tempo! E non la salverai in tempo se non ti aiuto. Ecco perché sono qui, per aiutarti." Madeline fece una pausa. "Oh, merda... non volevo nemmeno dirtelo."

Madeline iniziò a sbiadire gradualmente. Mentre svaniva dalla vista, gridò: "Parla con l'uomo, papà! E dì a Marcus dove stai andando! È import..." Sparì completamente prima che potesse finire la frase. Nicholas cercò di afferrarla, ma le sue mani passarono attraverso il punto in cui si trovava. Sentì di nuovo il caldo formicolio.

Nicholas si risedette. Che aveva voluto dire con *la tua seconda possibilità è con Meredith e Karen?* Se intendeva una seconda possibilità di amare, non era sicuro di volerlo. Meredith non era Jane. Certo, era una donna forte ed era molto attraente... inseguiva quel treno di pensieri nella sua testa. Il suo dolore era stato la sua forza trainante per dieci anni e non vedeva una ragione per cambiarlo. Nemmeno per una figlia spettrale o una moglie morta in sogno. Non era ancora sicuro di non aver immaginato tutto.

Ma una cosa era certa. Aveva una bambina da trovare e aveva una pista grazie a Snickers. Tom guardò il suo orologio. Le undici. Doveva andare a parlare con l'uomo. Si infilò la giacca, si assicurò che la pistola fosse nella fondina e prese il cellulare. Si fermò per qualche secondo, guardandolo. Decise di chiamare Marcus. Non avrebbe fatto male far sapere a qualcuno dove stava andando...

"Marcus Moore."

"Ehi, Marcus, sono io. Snickers mi ha dato una pista e ho intenzione di parlare con un ragazzo. Potrebbe non essere nulla," disse Nicholas. Si fermò per un minuto, poi disse: "Ma ho la sensazione che possa essere la pista che stavo cercando."

"Nicky, sono in riunione in questo momento, ma ho un paio di cose che voglio riconsiderare anche con te. Dove incontrerai il tuo ragazzo?"

Nicholas lesse l'indirizzo. "Il nome del ragazzo è Richard 'Ricky' Logan. Snickers ha detto che qualcuno ha ingaggiato questo tizio per rapire una donna che corrispondesse ad una descrizione generale. Ha detto che pensava che fosse per un gruppo di persone ricche che volevano una persona specifica per qualche tipo di giochi sessuali."

"Un rapimento su ordinazione. Il Bureau è sempre impegnato in questi casi, Nicky. Abbiamo diversi casi aperti che riteniamo adatti a questo scenario. Pensi che il rapimento di Richardson sia uno di questi?"

"Marcus, non sono ancora sicuro di niente. Ma ho una forte sensazione al riguardo."

"Ho capito, amico. Ho l'indirizzo e ti raggiungerò non appena avrò finito questa riunione. Ci vediamo lì."

"Grazie, Marcus." Riattaccarono.

"Ok, Madeline. Ho fatto quello che mi hai chiesto. Ora andiamo a vedere se hai ragione." Aspettò per vedere se c'era una risposta. Non ci fu. Lui scosse la testa. *Sto andando in pezzi*, pensò tra sé. *Questo* non può *essere reale.* Lasciò l'ufficio, chiudendosi la porta alle spalle, poi scese le scale, fuori, e salì in macchina.

Mentre avanzava verso l'indirizzo, Madeline tornò a comparire sul sedile del passeggero. Stava parlando e la sua voce era affievolita come lei.

"... e non puoi costringermi!" stava dicendo. Incrociò le braccia e si accasciò sul sedile con un'espressione decisa sul viso.

Nicholas fu di nuovo sorpreso. "Dannazione, Madeline! *Devi* avvisarmi quando lo fai!"

"Non imprecare, papà."

"Imprecherò se mi va, ragazzina. Non importa, perché non sei reale. Sei solo nella mia immaginazione."

I suoi occhi si riempirono di lacrime. "Come puoi dire così, papà? Non sono qui? Non riesci forse a vedermi?"

Nicholas la guardò. "Sì, ti vedo. Sto parlando con te. Ma come so che sei reale? Come faccio a sapere che non sto avendo le allucinazioni? Diavolo, non posso nemmeno abbracciarti!"

"Ma tu puoi, papà! Guarda, ti faccio vedere." disse.

Lui continuò a guardarla. La bambina chiuse gli occhi ed assunse un'espressione di concentrazione sul viso. Vide una luce bianca brillante che la circondava gradualmente, poi cominciò lentamente a sbiadire. Con gli occhi ancora chiusi, allungò lentamente la mano destra e gli strinse la mano.

Nicholas, sorpreso, scostò la mano e sterzò sulla corsia di sinistra. Riportando la macchina sotto controllo, si fermò sul lato della strada e parcheggiò. In realtà aveva sentito la sua mano! Si rivolse a lei. Lei gli stava sorridendo.

"Vedi, papà? Posso rendermi reale se ci provo davvero."

Nicholas allungò lentamente la mano e si passò le dita sui capelli castani, poi le passò le dita lungo il lato del viso. Si sentiva calda al suo tocco.

In quel momento, credette tutto. Non sapeva come fosse possibile, ma questa era la sua bambina, *in carne*!

"Oh, mio Dio, sei proprio tu! Mia cara bambina!" disse, mentre la attirava vicino a sé e la strinse forte al suo petto. Poteva sentire l'odore dei suoi capelli - un profumo fresco e pulito. Ha iniziato a baciarle la testa. "L'ho sognato fin dal primo giorno che tua madre mi ha detto che era incinta." Stava piangendo. "Oh, come volevo tenerti in braccio e amarti. Mia cara Madeline. Ti amo così tanto!"

"Oh, papà, ti amo anch'io," disse, mentre lo abbracciava forte quanto le permettevano le braccine. "Sono sempre stata con te, papà. Continuavo a picchiare i pugni perché volevo stare con te, perché potevo vedere come stavi male e anche a me faceva male. Ma ora puoi abbracciarmi quando stai male e io posso renderlo migliore!"

Nicholas la guardò in viso, con le lacrime che scorrevano liberamente lungo le guance. "Grazie Tesoro. Grazie."

"Non c'è di che. Ma devo cambiare ora. Essere reali è pericoloso."

"Devi tornare indietro, Madeline?"

Lei annuì. "Posso solo rimanere reale per un po'. Uso una parte della mia energia. Ma sarò ancora con te, ok?"

"Ok, piccola mia cara bambina. Fai quello che devi."

Chiuse di nuovo gli occhi. A poco a poco, il bagliore bianco la circondò come prima, poi svanì. Quando riaprì gli occhi, Nicholas cercò la sua mano. La sua mano la attraversò di nuovo e di nuovo sentì quel caldo formicolio.

"Papà! Mi fai *il* solletico!" Lei ridacchiò.

"Sai che ho molte domande, vero, tesoro?"

Lei annuì. "Lo so. Ma dovrai farmele mentre guidiamo. Devi parlare con quell'uomo. È importante."

Nicholas sorrise. "Sissignora." Avviò la macchina e iniziò a guidare verso l'indirizzo che Snickers gli aveva dato.

"Ok, Madeline, prima domanda. Con chi stavi parlando quando sei rientrato in macchina?"

"Era l'uomo incaricato di farmi venire qui. Mi ha detto di smetterla di dirti cose che non mi competono. Anche mamma me l'ha detto... ma mi ha fatto l'occhiolino quando l'uomo non stava guardando."

Sorrise nuovamente. "Tipico di tua madre, va bene. Bene, faremo del nostro meglio, no?"

"Sì."

"Hai detto che avevi delle restrizioni. Quali sono?"

Sembrava disgustata. "Non potevo parlare con te finché non avevi indovinato chi fossi, ma lo sapevi già. Non ho il coraggio di dirti cose che dovrebbero essere. Non dovrei farmi vedere da nessuno, ma tu mi vedi. Posso solo dirti delle cose per aiutarti a capire come salvare Karen, ma non posso dirti perché. Ho solo abbastanza energia per mostrarmi per un po'. Posso rendermi reale per un po', ma consumo molta energia. Quando sono reale, sono proprio come qualsiasi altra ragazzina. Posso essere ferita. Quando sono così, non posso. A volte, posso rendere reale solo una parte di me." Lei si fermò a pensare per un minuto. "Penso che sia tutto... no, aspetta! Se muoio mentre sono reale, non posso tornare di nuovo. E non ho nessuna intenzione di fare qualcosa per... inter..."

"Interferire?"

"Sì, interferire. Non posso interferire con ciò che accade."

"Wow. Hai molte le restrizioni."

"Sì, è una rottura."

"Quindi non puoi dirmi perché devo parlare con quest'uomo?"

"Naaaah."

"O perché dovevo chiamare Marcus?"

"Naaaah."

"Sai per quanto tempo puoi stare con me?"

Lei scosse la testa.

"Quindi potresti dover tornare indietro in qualsiasi momento?"

Lei annuì.

Nicholas fece un respiro profondo. "Bene, anche questo fa schifo."

"Sicuramente."

Notò che stavano entrando nell'area industriale. Era popolata da molte fabbriche abbandonate e magazzini. Alcuni erano in buono stato, ma la maggior parte cominciava a sembrare squallida e in rovina.

"Ci stiamo avvicinando, Madeline. Penso che dovresti svanire ora, ok?"

Lei annuì. "Ma io sarò ancora in giro." Lei lentamente scomparve alla vista.

Nicholas trovò l'indirizzo. Era un vecchio magazzino agricolo, con tre silos vicini all'edificio: due a sinistra e uno a destra, completi di scale circolari che si innalzavano su ciascuno di essi. Si infilò nel vialetto d'asfalto e nel parcheggio dell'edificio. Sia il parcheggio che il vialetto d'accesso avevano erbacce che crescevano attraverso le fessure del pavimento e l'area era disseminata di lattine di soda, sacchetti di fast food, preservativi usati e altri rifiuti. Sembrava che non fosse stato usato per diversi anni. La porta d'ingresso pendeva da una cerniera e si apriva senza ostacoli. Dentro c'era quella che un tempo era stata una reception, ma ora sembrava il crash pad di un drogato. Un vecchio materasso macchiato era in un angolo e un topo era seduto sul materasso sulle zampe posteriori e lo guardava. L'immondizia era ovunque. Tirò fuori la pistola.

Quando trovò il magazzino principale, si fermò appena superata la porta, aspettando che i suoi occhi si adattassero all'oscurità. La porta dall'area degli uffici conduceva nel magazzino sul lato sinistro dell'edificio. C'erano molte finestre alla sua sinistra e lui poteva vedere due silos nell'oscurità all'esterno. La poca luce che entrava dalle finestre non arrivava molto lontano nella vasta area, ma era abbastanza per vedere per una decina di metri. Vide una luce fioca proveniente da quella che sembrava una piccola area vetrata al centro del grande edificio.

"Logan!" gridò. "Ricky Logan! Sono Nicholas Turner! Sei qui?"

La sua voce echeggiò nell'oscurità. Gli rispose il silenzio. Non poteva vedere niente e teneva pronta la sua pistola.

"Logan! Snickers mi ha mandato a parlare con te! Posso aiutarti, Logan, ma devi parlare con me!"

Silenzio.

Nicholas stava cominciando a chiedersi se qualcuno avesse preso in giro Snickers, quando sentì una voce alla sua destra.

"Sei solo, amico?"

"Sì."

Un pezzo di oscurità si mosse e nella luce fioca emerse una figura. Ricky Logan aveva circa cinquantotto anni, con i capelli biondi e una barba spelacchiata. Aveva della sporcizia sulla fronte, come se avesse dormito sul pavimento sporco. Indossava una maglietta sotto una tuta sporca. Le macchie di quella che sembrava tinta bianca erano sparse su tutta la tuta. L'uomo sembrava stregato.

"Fammi vedere un documento, amico."

Nicholas alzò la mano sinistra. "Sto prendendo la mia licenza." Tirò fuori il piccolo portafoglio ripiegato che conteneva la licenza da investigatore privato e la mostrò a Logan.

L'uomo annuì.

"Ho sentito da Snickers che potresti darmi protezione se ti parlassi. È corretto?"

"Sì. Ho un amico nell'FBI. Se hai delle buone informazioni, può metterti in un posto dove non puoi essere trovato."

"Non è abbastanza. Voglio anche l'immunità. Ho fatto alcune cose, ma non voglio andare in prigione per averle riferite."

"Quanto sono buone le tue informazioni?"

"Scottano, amico. So cose su alcune persone molto in alto. Date, posti... Ho tutto."

"Allora il mio amico si assicurerà di farti avere l'immunità."

Logan pensò per un minuto. "Amico, sono davvero spaventato. Qualcuno ha già tentato di uccidermi due volte. Sembra che non abbia altra scelta che fidarmi di te." Rimase in silenzio per qualche secondo, poi annuì tra sé come se avesse preso una decisione per qualcosa. "Affare fatto, amico." Tese la mano destra.

Nicholas mise la pistola nella fondina e strinse la mano a Logan. "Grazie, Logan. Farò il possibile per tenerti al sicuro finché il mio amico non arriverà qui."

"Okay, Turner, cosa vuoi sapere?"

"Snickers ha detto che avevi accettato un contratto di sequestro su ordinazione. Parlamene."

Logan prese fiato. "Sì, amico, ho accettato il contratto. Volesse Dio non l'avessi fatto. Non ne sono molto orgoglioso." Mise le mani nelle tasche della sua tuta e si appoggiò al muro del magazzino. Fuori dalle finestre, la luna era uscita da dietro alcune nuvole e forniva luce a Nicholas per vedere chiaramente Logan. Sembrava che la sua coscienza lo stesse davvero disturbando. "L'uomo è venuto da me, ha detto che ha sentito che potevo essere interessato a guadagnare un po' di soldi facili. Gli ho chiesto per fare cosa. Ha detto che aveva alcuni clienti... è così che l'ha detto, clienti... che erano interessati ad un particolare tipo di donna. Volevano una donna dai capelli scuri, castano o scuro castano chiaro. Doveva essere piccola e carina, non più alta di 1,55 m e non più vecchia di ventuno anni." Si fermò per un minuto, poi proseguì. "Volevano specificatamente che lei fosse piatta, seno piatto, la più piatta che avrei potuto trovare. Il tizio ha detto che mi avrebbero pagato venti testoni. Gli ho detto che non l'avrei fatto per meno di venticinque. Ha detto ok, molto in fretta, come se se lo aspettasse. Ho scoperto più tardi che la donna doveva essere per un gruppo di ragazzi ricchi... e che la volevano solo per scoparla." Fece una pausa. "Quando l'ho trovata, ho iniziato a provare una brutta sensazione per l'intera faccenda. Ero felice che la mia parte fosse finita."

"Hai trovato una ragazza come la volevano?"

"Oh, certo, amico. Questa è stata la parte facile. Sono andato in giro per il campus del college fino a quando non ho visto quello di cui avevo bisogno. L'ho beccata mentre attraversava un parcheggio da sola e l'ho fatta crollare con un teaser e l'ho messa sul mio furgone. Quando l'ho messa dentro, l'ho legata e ho messo del nastro adesivo sulla sua bocca e me ne sono andato. Poi ho chiamato il tizio e ho fatto la consegna e ho preso i miei soldi."

"Hai ancora il numero di telefono?"

"No, amico. L'accordo era che ognuno di noi aveva uno di quei telefoni cellulari usa e getta... il tipo che si può usare una volta e buttare via. Quelli economici. Una volta che l'ho chiamato, ce ne siamo sbarazzati entrambi."

"Che cosa hai fatto con la donna?"

Logan fece un altro respiro profondo. "Il tizio mi ha detto di incontrarlo ai cantieri ferroviari. Quando sono arrivato, avevano preparato questo container per lei, amico. L'abbiamo portata dentro il container e aveva questa cuccetta con catene attaccate al muro e le catene avevano manette alla fine, una per ogni mano e una per ogni caviglia. L'abbiamo sistemata ed il tizio ha chiuso le porte del container a chiave. Poi mi ha dato i miei soldi."

"Quindi l'hanno trasportata in treno?"

"Non lo so, amico. Alcuni di quei container, spediscono roba all'estero. Non so se sia andato in treno o in nave. Poteva essere uno dei due, ma non erano affari miei allora. Avevo fatto la mia parte, amico, il resto erano affari loro."

"Chi era l'uomo che hai contattato?"

"Non lo sapevo, stavo solo facendo un lavoro. E non sono ancora sicuro. Un paio di mesi dopo, però, si è rifatto avanti. Ha detto che i suoi clienti avevano scopato la ragazza che avevo rapito per loro. Volevano qualcosa di nuovo e avevano un altro ordine per me, se ero interessato. Il tizio ha detto che questo lavoro valeva cinquanta testoni. Ho chiesto cos'era successo all'altra. Ha detto che non sarebbe stata più scopata da nessuno. Penso che l'abbiano uccisa, amico, e ho iniziato a sentirmi male per quello che avevo fatto. Voglio dire, cazzo, scoparsi la fighetta era una cosa, ucciderla era un'altra. Ma non volevo che il tizio sapesse che mi dava fastidio, perché volevo scoprire il più possibile su di loro. Pensavo di poter dare qualche informazione alla polizia se avessi potuto. Quindi ho chiesto al tizio cosa volevano questa volta." Si fermò di nuovo. "Turner, ha detto che volevano una bambina. No più vecchia di dieci anni, carina, e doveva avere capelli biondi e lunghi." Si passò una mano sulla faccia. "Dissi al tizio che non se ne parlava, amico. Non tratto ragazzine, in specie per quello che voleva lui. Mi ha chiesto se ne ero sicuro e ho detto di sì. Il tizio se n'è andato senza aggiungere una parola. Più tardi, quando sono uscito dal bar, qualcuno mi ha sparato. Mi hanno mancato, ma erano *vicini*, amico! Così, sono andato a casa di questo amico per dormire e nascondermi per un po'. Tutto sembrava bello, finché il mio amico non ha deciso di andare a prendere del cibo. La sua auto è esplosa. Quando ho guardato fuori dalla finestra, ho visto il tizio. Era seduto in questa macchina, solo che non era una macchina normale. Penso che era un..."

Logan non finì mai la frase. Il vetro alla sinistra di Nicholas tintinnò, un piccolo foro apparve nella fronte di Logan e la parte posteriore della testa di Logan esplose contro il muro.

Nicholas sentì vagamente lo sparo. Tirò fuori la pistola e poi udì una voce.

"Buttati giù, papà!"

Si abbassò. Quando lo fece, il vetro si tintinnò di nuovo e apparve un buco dove era appena stata la sua testa. Sentì vagamente un altro sparo. Restando sul pavimento, controllò il polso di Logan, anche se sapeva che l'uomo era morto. Niente. Guardò la finestra. Immaginò che il tiratore si trovasse su uno dei silos e che usasse un mirino notturno. Sempre piegato, tornò velocemente indietro nel modo in cui era arrivato, finché non fu fuori dalla vista delle finestre. Poi corse fuori.

Si fermò quando vide una luce con l'angolo dell'occhio. Provò a dare un'occhiata dietro l'angolo, verso il silo e pezzi di mattone gli colpirono il viso, seguiti dal suono di uno sparo. Si abbassò velocemente dietro l'angolo. Aveva visto il riflesso dell'arma, comunque. Si accovacciò, contò fino a tre, poi si lanciò di nuovo dietro l'angolo, sparando rapidamente un colpo verso il punto in cui aveva visto il flash. Altri frammenti di mattoni caddero nel punto in cui sarebbe stata la sua testa se fosse stato in piedi. Si abbassò velocemente dietro l'angolo.

I fari spazzarono il parcheggio da sinistra a destra. Un'auto. Marco, grazie a Dio.

Marcus vide Nicholas, scese dall'auto e corse accanto al suo amico.

"Che succede, Nicky?"

"C'è un tiratore nel primo silo laggiù. Penso che abbia un mirino notturno su un fucile ad alta potenza. Ha sparato a Logan e maledettamente vicino a me."

"Allora, come lo neutralizziamo?"

"Vai su, papà."

"Che cosa hai detto, Nicky?"

Nicholas balbettò: "Uh... ho detto proviamo a salire." Marcus aveva sentito Madeline!

L'area dell'ufficio sporgeva dall'edificio principale del magazzino per una ventina di metri e il tetto era a circa a tre metri sopra di loro.

"Senti, Marcus, hai uno scatto migliore del mio. Perché non sali tu sul tetto e ti fai strada dietro l'angolo e vedi se riesci a vedere il cecchino? Sono circa nove metri fino al silo. Una volta che sei lassù, conto fino a cinquanta, poi cercherò di attirare il suo fuoco e tu lo becchi... vivo, se puoi."

"Ci proverò, ma a questa distanza farò ciò che posso."

Nicholas spinse Marcus sul tetto. Una volta sul tetto, Marcus si arrischiò lentamente di sbirciare dietro l'angolo. Lentamente, così che il tiratore non si accorgesse del movimento, Marcus sollevò la sua pistola e prese la mira.

Sotto, Nicholas contò. "... quarantotto... quarantanove... *cinquanta*!" Si gettò a terra dietro l'angolo dell'edificio, sparando un colpo mentre cadeva. L'uomo con il fucile sparò di nuovo e Nicholas sentì il lamento del proiettile che gli passò accanto all'orecchio. Marcus sparò con la sua pistola. Il tiratore lasciò cadere il fucile, si afferrò la spalla destra e barcollò. Poi cadde oltre la ringhiera delle scale, atterrò e non si mosse più.

"Nicky!" Marcus urlò, mentre saltava giù dal tetto dell'ufficio. "Tutto bene?"

"Sto bene!" disse Nicholas alzandosi in piedi. "Bel colpo, amico - mi hai salvato il culo."

"Contento di averlo fatto, amico mio. Dai, andiamo a vedere se il nostro tiratore è ancora vivo."

Si divisero e si avvicinarono all'uomo a terra, ognuno con la pistola puntata. Quando arrivarono da lui, entrambi notarono che la testa del tiratore era piegata in modo strano. Il proiettile di Marcus aveva colpito la parte superiore della spalla e non l'aveva ucciso, ma l'uomo si era rotto il collo cadendo.

"Merda!" disse Marcus disgustato. Guardò la faccia del tiratore. "Lo conosci, Nicky?"

Nicholas studiò i lineamenti dell'uomo, ma non gli era familiare. "No."

"Dov'è Logan?"

"All'interno del capannone. Questo tizio," disse mentre prendeva a calci l'uomo morto, "lo ha centrato attraverso la finestra."

Marcus aveva trovato il fucile. "Avevi ragione. Un mirino223 con capacità di visione notturna. Sei stato dannatamente fortunato!"

Nicholas disse: "Non fortunato, solo benedetto." Sentì un caldo formicolio sulla guancia e sorrise.

"Devo chiamare, ma non voglio che la polizia municipale sia coinvolta se posso evitarlo. Lasciami chiamare il mio capo, poi confronteremo le versioni," disse Marcus. Tirò fuori il cellulare e si allontanò di qualche passo.

Nicholas camminò a pochi passi nella direzione opposta, guardò Marcus, che per il momento era preso da altro. Borbottò sottovoce: "Pensavo che non avresti dovuto interferire."

"Sta zitto, papà," disse Madeline in un sussurro teatrale.

"E Marcus ti ha sentito."

"Basta, papà!" sussurrò di nuovo.

"Ti amo, piccola." Sentì di nuovo il caldo formicolio sulla sua guancia. Sorrise e tornò verso Marcus. Aveva finito con la sua telefonata.

"Il mio capo li sta chiamando per noi. Non possiamo escludere completamente la polizia cittadina, ma possiamo rivendicare la giurisdizione."

"Perché vuoi tenere alla larga la polizia?"

"Prima dimmi cosa ti ha portato a Logan e cosa ti ha detto."

Così, Nicholas raccontò tutto al suo amico, cominciando con il salvataggio di Snickers nel bar e finendo con Marcus che entrava nel parcheggio. Omise qualsiasi menzione di Madeline, naturalmente. Si rese conto che non era pazzo, ma non era sicuro se Marcus gli avrebbe creduto. Inoltre, lei era *il suo* segreto... e lo stava difendendo gelosamente per ora.

"Fantastico, Nicky. Ora vediamo se il nostro criminale ha qualche documento."

Raggiunsero il corpo e Marcus cercò addosso all'uomo. L'uomo non aveva un documento d'identità.

"Certo. Un professionista. Questi tizi non portano documenti nel caso qualcosa vada storto," disse Marcus. Guardò Nicholas. "La cosa che volevo dirti è che abbiamo trovato una vecchia signora che vive sulla strada di Richardson. Stava guardando fuori dalla finestra dalle tre alle tre e mezzo il giorno in cui la ragazzina è stata rapita. L'unica macchina che ha visto, è stata una macchina della polizia cittadina che passava per il quartiere. Ha detto al mio agente che non ne aveva parlato alla polizia perché le hanno chiesto se avesse visto veicoli strani durante quel periodo. E naturalmente quello non era un veicolo strano."

Gli occhi di Nicholas si spalancarono. "Pensi che un poliziotto abbia rapito la ragazza?"

"Pensaci, Nicky. Non siamo stati convocati per tre giorni. L'unica macchina che passava per il quartiere era una macchina della polizia. Parker non ha fatto nessun passo avanti sul rapimento. Tutto combacia. E i poliziotti sono stati corrotti prima d'ora."

"Ecco perché volevi impedire alla polizia di essere coinvolta."

"Sì. Se *questo* ragazzo," fece un cenno con la testa verso il corpo, "è un poliziotto, le sue impronte e il suo DNA saranno archiviati. Se la polizia locale fosse coinvolta, corriamo il rischio che interferisca con le prove. Fino a che non saremo sicuri che la polizia è coinvolta, sempre che lo sia, non importa quanto in alto dovremo andare, ma dobbiamo tenere un profilo il più basso possibile."

"Concordo. Ma fammi un favore, Marcus. Quando arriveranno tutti, per favore non fare il nome di Snickers. Non vorrei che gli accadesse qualcosa. Tutto quello che c'è da sapere è che ho ricevuto un suggerimento da un informatore."

"Non avevo intenzione di dirlo, Nicky. So cosa significa per te. E voglio conoscerlo un giorno."

"Ho un paio di persone nella mia vita che vorrei che tu conoscessi," disse Nicholas. "Una di loro ti lascerà a bocca aperta."

Capitolo 6

Gli agenti dell'FBI arrivarono per primi. Con la loro solita efficienza, l'elaborazione della scena era ben avviata quando arrivò la prima polizia municipale. La squadra legale aveva già preso le impronte digitali dei morti e prelevato diversi campioni di DNA da entrambi. La polizia locale era limitata al controllo della folla e al traffico, entrambi inutili nel parco industriale alle tre del mattino. Gli investigatori della Omicidi del dipartimento di polizia della città non erano arrabbiati per essere stati esclusi dalle indagini sulla sparatoria, perché avevano abbastanza casi per tenerli occupati senza aggiungere questo ai loro carichi di lavoro. Dopo aver parlato con Marcus, se ne andarono, lasciando solo un paio di agenti di pattuglia per mostrare una presenza.

Sia Nicholas che Marcus furono interrogati, prima separatamente, poi insieme. Le loro storie erano supportate dalle prove e riuscirono a dimostrare che le sparatorie facevano parte dell'indagine in corso sul rapimento di Richardson.

Finalmente, alle cinque in punto, Marcus disse a Nicholas che erano entrambi liberi di andarsene.

"Cosa facciamo adesso, Nicky?"

"Stasera vado al cantiere ferroviario a curiosare. Ti va di venire?"

"Ci puoi scommettere il culo che vengo. Ho la sensazione che siamo su qualcosa di concreto."

Il cellulare di Nicholas suonò. Poi squillò il cellulare di Marcus.

Nicholas rispose al telefono. "Nicholas Turner."

"Sono Meredith. Qualcuno ha sparato alle mie finestre su strada."

"*Cosa*? Sei ferita?"

"No, ma puoi venire?" Sembrava scossa.

Marcus chiuse il suo cellulare. "Nicky! Quello era l'agente che ho lasciato a casa Richardson. Qualcuno ha sparato alla casa! Dobbiamo andare!"

Nicholas annuì a Marcus, poi disse a Meredith: "Io e Marcus stiamo arrivando. Sii forte, Meredith."

"Per favore, sbrigati, Nicholas. Sono spaventata."

"Dieci minuti." Chiuse il telefono.

"Prendiamo la mia macchina. Qualcuno ti porterà la tua auto più tardi," disse Marcus.

Gli uomini salirono sulla macchina di Marcus e corsero via. Marcus accese la sirena e le luci di emergenza.

"Il mio agente ha detto che lui e i tecnici erano seduti in cucina, quando hanno sentito diversi colpi dalla parte anteriore della casa", disse Marcus. "Hanno sentito il rumore del vetro che si rompeva e la signora Richardson che urlava al piano di sopra. Quando il mio agente è uscito, il tiratore... o i cecchini... erano spariti. Ha detto che nessuno è rimasto ferito, ma un paio di proiettili hanno colpito il letto dove dormiva la signora Richardson. Ci è andato così vicino."

"Sembrava davvero spaventata al telefono," disse Nicholas. "Questo non ci voleva proprio in questo momento, ma dimostra che siamo sulla strada giusta con il rapimento."

"Come mai?"

"Pensaci - senza di lei, la pressione per trovare la bambina sarebbe scemata." Nicholas aveva un forte senso di determinazione sul suo viso. "Non mi conoscono molto bene, vero?"

"Esatto, non è vero? Tu e quella maledetta procura che fai firmare ai tuoi clienti. Karen è fondamentalmente tua ora, no?"

"Sì, e a nessuna figlia mia mancherà niente." Sentì di nuovo il caldo formicolio sulla sua guancia. "Karen ha di nuovo un padre, almeno per ora... e nessun vero padre smette mai di combattere per la sua bambina."

"Cos'hai intenzione di fare?"

"Se non ti dispiace, Marcus, quando arriviamo, porterò Meredith in un posto sicuro e ti lascio la patata bollente della sparatoria. Non penso che proverebbero a sparare di nuovo a casa sua, ma non sono disposto a dar loro questa occasione. Penso che stiano diventando disperati."

"Anch'io. Chiunque siano i rapitori, non hanno idea di quello che hai saputo e questo fa credere loro di non avere alcuna possibilità. E stai dimenticando qualcosa, vecchio mio."

"Cos'era?"

"Probabilmente sei in serio pericolo. Ci siamo."

La parte anteriore della casa era un macello. Ogni finestra che si affacciava sulla strada era rotta e un paio di persiane pendevano storte. Alcuni dei vicini erano fuori dalle loro case, indossando accappatoi e pigiami.

I due uomini scesero dall'auto e andarono alla porta principale.

"Noti niente?" disse Marcus.

"Sì, niente macchine della polizia. Sai bene che almeno uno dei vicini li avrà chiamati."

Marcus bussò.

"Chi è?" si sentì da dietro la porta.

"Moore."

La porta si aprì. L'agente dell'FBI stava mettendo via la sua pistola. Nicholas gli passò accanto.

"Meredith!" chiamò. "Meredith!"

Arrivò dalla cucina. Nicholas la incontrò, la prese tra le sue braccia e la strinse forte. Lei ricambiò l'abbraccio.

"Stai bene?"

"Ero così spaventata, Nicholas."

"Sono qui."

Marcus li superò verso la cucina e disse: "Siete sicuri che non vi conoscete?"

Entrambi sorrisero imbarazzati e si separarono. Nessuno dei due poteva spiegare l'improvviso scoppio di sentimenti reciproci.

"Hai scoperto qualcosa su Karen?" chiese a Nicholas.

"Siamo abbastanza sicuri di avere una buona pista. Andremo a controllare stanotte. Te ne parlerò più tardi. In questo momento, voglio che prepari una borsa per un paio di notti. Ti sto portando in un posto sicuro. E, prima che tu dica qualcosa, i tecnici e l'FBI rimarranno qui per ogni evenienza, ma non penso che avremo altre chiamate dai rapitori."

Meredith studiò il suo viso per un momento. "Va bene, Nicholas. Vado a fare la borsa." Andò di sopra.

Lui entrò in cucina. I due tecnici, Mickey e Ronnie, stavano parlando con Marcus. Erano visibilmente scossi, ma nessuno dei due aveva alcun desiderio di abbandonare i loro posti. Salutarono Nicholas con un cenno del capo.

"Nicholas, questo è l'agente Adams," disse Marcus. Si strinsero la mano. "Digli quello che mi hai detto, Adams."

"Era decisamente un'arma automatica. I proiettili sono arrivati troppo velocemente per essere qualsiasi altra cosa. Come ho detto all'agente Moore, quando sono arrivato fuori, il tiratore non c'era più. Ho chiamato l'agente Moore, poi ho cercato di proteggere l'area il più possibile mentre proteggevo i tre civili. Una macchina di pattuglia della città è venuta qui, ma ho detto loro chi ero e che si trattava di una questione dell'FBI, così se ne sono andati."

"Quanto tempo dopo la sparatoria è arrivata la macchina della polizia?" chiese Nicholas.

"Cinque minuti, al massimo."

Nicholas annuì.

"Dov'è la signora Richardson?" Gli chiese Marcus.

"Fa la borsa per un paio di notti."

"Bene. Non dire a nessuno dove la stai portando. Ti chiamerò stasera e controlleremo quel posto di cui stavamo discutendo."

"Suona bene. Marcus, stai attento."

"Anche tu. Ricordati cosa ti ho detto."

Nicholas annuì. Entrò nell'atrio e si fermò ai piedi delle scale, aspettando Meredith. Si guardò intorno per assicurarsi che nessuno fosse vicino a lui, poi disse sottovoce: "Come vado, piccola?"

"Va bene, papà," sussurrò Madeline.

Sorrise. Meredith scese le scale portando una piccola borsa sportiva. Lo vide sorridere e, pensando che fosse per lei, ricambiò il sorriso.

"Il mio splendente cavaliere," gli disse.

"Forse, ma il fidato destriero di questo cavaliere è parcheggiato di fronte a un magazzino. Dovremo prendere il tuo ibrido."

Prese le chiavi dalla borsetta e le consegnò a lui.

Alla porta principale, Nicholas si fermò a esaminare l'area, poi fece cenno a Meredith di seguirlo. Salirono in macchina e si diressero verso l'ufficio di Nicholas.

"È il posto più sicuro per te a cui possa pensare," le disse. "Nessuno si aspetterà che ti accompagni lì."

"Fino a quando vedranno la mia macchina parcheggiata nel tuo ufficio."

"Non necessariamente. Spero di nasconderti in piena vista."

"Che cosa sta succedendo, Nicholas? Perché qualcuno ha sparato a casa mia?"

"È una lunga storia, Meredith. Prima di iniziare, ho bisogno che tu risponda a una domanda nel modo più onesto possibile."

"Va bene. Chiedi."

"Cosa provi per me?"

Si voltò a guardarlo. "Prima di rispondere, dovrei dirti una cosa. La scorsa notte, ho chiesto di te all'agente Moore. Mi ha raccontato quello che ti è successo anni fa e quello che hai fatto da allora. Poi mi ha detto che sei un "guardiano", così ha detto lui."

"Mi ha detto la stessa cosa su di te. Penso che Marcus stia giocando a fare Cupido."

"Puoi giocare a Cupido solo se l'attrazione c'è. Nel mio caso, lo c'è." Rimase seduta per un minuto. "Semplicemente non posso credere che sto discutendo della mia attrazione per te con tutto ciò che sta accadendo in questo momento. Tuttavia, per rispondere alla tua domanda, non sono mai stato una che crede nell'amore a prima vista. Ho sempre pensato che fosse semplicemente lussuria o speranza mal riposta. Fino ad ora."

Continuò, "Mi sentivo come se fossi innamorata dal momento in cui ti ho visto. Non riesco a darne una spiegazione. E nemmeno ci proverò. Mi fiderò semplicemente dei miei sentimenti."

"Capisco. Sento la stessa cose per te. E per Karen. In realtà l'ho chiamata figlia mia prima e non l'ho mai nemmeno incontrata." Lui la guardò.

"Grazie per essere stata onesta con la mia domanda. Significa che posso fidarmi di te per quello che sto per dirti. Parti di questa storia possono sembrare difficili da credere, ma è tutto vero. È iniziato poco prima che tu arrivassi in ufficio..."

Cominciò a raccontarle del risveglio e della vista di Madeline e finì con quello che le aveva chiesto poco prima che lui e Meredith uscissero di casa pochi minuti avanti. Mentre le raccontava la sua storia, arrivarono nel palazzo del suo ufficio. Concluse la storia proprio mentre apriva il suo ufficio e entravano.

"Fammi capire bene, Nicholas. Dici che la tua figlia non ancora nata ti sta aiutando a trovare mia figlia, perché dice che dovremmo stare insieme?"

"È così... sì. Questo è un buon modo per dirlo, suppongo."

"E grazie a lei, sei stato in grado di impedire al tuo amico di farsi male, hai trovato l'unica persona che poteva darti una pista su dove si trova Karen e ti ha detto di schivare quando ti sparavano per salvarti la vita."

"Lo so, sembra folle, Meredith."

"Folle non è la parola giusta. Posso avere le chiavi della mia macchina, per favore? Non rimarrò in compagnia di un individuo psicotico!"

Nicholas sentì una leggera brezza, mentre faceva un passo verso di lei. "Meredith, per favore. Cerca di mantenere una mente aperta... " Tacque. Una brezza? Da dove? Sembrava diventare più forte...

"Una mente aperta?" urlò Meredith. La brezza cominciò a trasformarsi in un vento. Un paio di carte volarono via dalla scrivania. Le foglie dell'albero del ficus cominciarono ad agitarsi. "La tua mente aperta apparentemente si è trasformata in qualcosa di folle!"

"Meredith, penso che faresti meglio a chiuderla qui," disse Nicholas.

"Chiuderla?! Chiudere cosa? La tua aria condizionata difettosa? O smetterla di farti notare che sei pazzo?"

"IL MIO PAPÁ NON È PAZZO!" gridò Madeline, apparentemente da ogni parte. "TE LO FARO' VEDERE IO, STUPIDA VECCHIA CATTIVA!"

"Madeline, NO!" gridò Nicholas. Era difficile sentirlo a causa del fragore del vento all'interno dell'ufficio. Le carte stavano volando ovunque. Il ficus cadde. "Basta con questi capricci ora, ragazzina!"

Il vento si fermò bruscamente. Le carte caddero sul pavimento.

Meredith aveva un'espressione incredula sul suo viso. "Che cosa è stato, in nome del cielo?"

"Stai bene?" chiese a Meredith. Lei lo guardò con gli occhi spalancati e annuì. "Bene. Madeline! Mostrati, e intendo *proprio adesso!*"

Madeline apparve sbiadita. Era in piedi con le braccia incrociate tra Nicholas e Meredith, guardando verso Meredith con un'espressione arrabbiata.

"Papà, sono arrabbiato con lei", disse Madeline. "Non sei pazzo, lei lo è."

La raggiunse e la mano le passò attraverso di nuovo. Sentì appena il formicolio caldo.

"Scusati con Meredith."

"No."

"Madeline Louise, ti scuserai in questo momento."

"Ma papà..."

"Adesso."

Calpestò il piede e si rivolse a Meredith. "Mi dispiace," disse con le braccia incrociate, guardando il pavimento.

"Va tutto bene. Anche a me dispiace," disse Meredith, con gli occhi spalancati. "Nicholas, io... non mi sento bene..." Si accasciò sul pavimento.

"Papà, perché tutti svengono quando ci sono in giro io?"

Nicholas cominciò a ridere, mentre sollevava Meredith. La riportò nella sua zona giorno e la mise dolcemente sul suo divano. Madeline lo seguì. Lui andò in bagno e inumidì una salvietta con acqua fredda. Tornò da Meredith e gliela mise sulla fronte. Stava ancora ridacchiando.

"Cosa c'è di così divertente, papà?"

"Stavo solo ridendo per l'espressione sul tuo viso quando sei apparsa prima."

"Non è divertente," disse Madeline. Stava iniziando a sorridere però. Poi iniziò a ridacchiare. "Credo di essere sembrata buffa, vero? Ma ero così arrabbiata con Meredith, non potevo evitarlo!"

Stavano ridendo entrambi adesso. Nicholas fece un'imitazione dello sguardo arrabbiato di Madeline, che fece ridacchiare Madeline ancora più forte. Poi Madeline fece l'imitazione della reazione di Meredith ed entrambi risero ancora più forte.

"Spero che voi due vi stiate divertendo," disse Meredith. "Era da un po' di tempo che non ero oggetto di ridicolo."

Nicholas e Madeline erano entrambi sorpresi di essere stati colti in flagrante da Meredith. Entrambi scoppiarono a ridere di nuovo. Meredith si alzò a sedere, piegò il panno e iniziò a ridacchiare. Presto, tutti e tre stavano ridendo.

Pochi minuti dopo si erano semi-composti da soli.

Nicholas chiese a Meredith, "Beh, pensi ancora che io sia pazzo?"

"Forse, ma non a causa di tua figlia. Credo in quello che vedo. Madeline," disse Meredith. "Vuoi venire più vicino a me, per favore?"

Madeline si avvicinò al divano e si fermò davanti a Meredith. Nicholas lo osservò dal tavolo da pranzo. Era il loro momento e non si sarebbe intromesso. Meredith prese la mano della bambina. Anche lei sentì un caldo formicolio quando la sua mano passò attraverso quella di Madeline. Provò di nuovo ed ebbe lo stesso risultato. Guardò negli occhi Madeline.

"Come sta Karen, Madeline?"

"Sta bene. Non è stata ferita, se è questo che intendi. È spaventata, ma sa di papà... voglio dire che non è troppo preoccupata."

Meredith guardò Nicholas. Lui annuì. L'aveva sentito anche lui.

"Come fa a sapere che tuo padre la sta cercando?"

Madeline sembrava a disagio. "Non lo so."

"Madeline, le hai detto di tuo padre? Puoi parlarle?"

Madeline guardò Nicholas. "Papàààààà," disse lei supplichevole.

"Rispondi alla domanda, piccola."

Guardò il pavimento e annuì. "Gliel'ho detto io."

"Puoi parlarle quando vuoi?"

Madeline annuì.

"Devi andartene per parlare con Karen?"

Annuì di nuovo.

"Le dirai qualcosa per me?"

"Sì, penso di sì."

"Per favore, dille che la amo molto e che stiamo venendo a prenderla il prima possibile. Riesci a ricordarlo?"

"Certo! Volete che vada?"

"Tra un minuto, Madeline. Ho un altro favore da chiederti."

"Ok, Meredith. Cosa?"

Meredith guardò Nicholas. Le fece un gesto come per dire che sarebbe rimasto tra loro. Tornò a rivolgersi a Madeline.

"Tuo padre mi ha detto che puoi renderti 'reale', se ti sforzi. Puoi farlo per me adesso?"

Madeline annuì. "Ma non posso restare troppo. Uso una parte della mia energia."

"Lo so. Non ti chiederò di restare troppo."

Madeline chiuse gli occhi e si concentrò. Il bagliore bianco cominciò a circondarla di nuovo come era successo quando era diventata reale per Nicholas prima. Divenne molto luminoso e sembrava provenire sia dall'interno che dall'esterno della bambina. Quando svanì, Madeline aprì gli occhi.

Meredith prese le mani di Madeline e la guardò negli occhi. "Grazie. Per confortare Karen, per aver messo insieme tuo padre e me, per il tuo aiuto... grazie."

Madeline sorrise. "Prego, Meredith," disse lei. Si sporse verso Meredith e sussurrò teatralmente: "Hai reso il mio papà molto felice. Te lo dirà se glielo chiedi."

Meredith rise. "Gli chiederò, cara. E quanto a te, per dimostrarti che ti perdono per i tuoi capricci, ho qualcosa per te." Meredith tirò rapidamente la bambina tra le sue braccia e cominciò a farle il solletico. Madeline rise e si contorse. Meredith rise e continuò a stuzzicarla. Dopo un momento, smise di stuzzicare Madeline, la strinse forte, poi la baciò sulla guancia.

"Sei un tesoro, Madeline. Mi dispiace di aver dubitato di te o di tuo padre."

"Va tutto bene, Meredith. Farò meglio a tornare com'ero ora."

"D'accordo."

"Aspetta un minuto," disse Nicholas. "Non voglio sprecare un minuto 'reale'. Vieni qui, tu!"

Madeline corse tra le braccia di suo padre e lo abbracciò forte. Baciò una guancia, poi l'altra.

"Meglio cambiare adesso, piccola," le disse.

"Va bene." Chiuse di nuovo gli occhi. Il bagliore apparve e scomparve. Aprì gli occhi. "Vado a vedere Karen adesso. Immagino che voi due vogliate stare soli, vero?"

"Smamma, ragazzina," disse Nicholas.

Madeline sorrise e svanì.

Nicholas andò al divano e si sedette accanto a Meredith.

"Tutto bene?" chiese.

"Abbastanza bene, considerate le circostanze. È molto travolgente, non è vero?"

"Non stai scherzando. La stai prendendo molto bene considerando che la conosci solo da un'ora. Io l'ho conosciuta circa dodici ore fa e sono ancora sopraffatto."

"Ti rendi conto delle implicazioni della sua presenza, vero, Nicholas? È la risposta alla domanda sul fatto che ci sia vita dopo la morte, se c'è un potere più alto... fai la tua domanda di teologia: Madeline è la risposta."

Nicholas annuì. "Hai ragione. Ma lei fa più domande che dare risposte, Meredith. Hai visto cosa ha fatto quando era arrabbiata con te. Mi chiedo quanto sia potente davvero... e se è così potente, se riuscirò a contenere il suo potere se posso toccarla solo quando si rende "reale". Nessuno mi ha dato un manuale di istruzioni quando si è presentata."

"Lei che cosa è, Nicholas? Voglio dire, lo so *chi* lei è, ma *che cosa* è lei?"

"Non è un fantasma. Gliel'ho chiesto e lei ha detto che non lo era. Immagino sia vero. Come puoi essere un fantasma se non sei mai nato?" Lei si fermò a pensare per un minuto. "Penso che sia la sua anima. Penso che la sua anima sia stata forse... assegnata a lei quando è stata concepita. Poi, quando per qualche ragione, il feto è abortito, ha scelto di rimanere prima con sua madre e ora con me. E forse sto semplificando eccessivamente le cose, ma penso di aver ragione su questo."

"Avevi idea che avesse parlato con Karen?"

Scosse la testa. "No. Ci sono molte cose su Madeline che mi sorprendono. È venuta da me con delle "restrizioni", ma ne ha già infrante diverse e non le è successo niente. È ancora qui e apparentemente non è stata punita per niente." Improvvisamente si ricordò del modo in cui era apparsa in macchina. Sembrava come se stesse litigando con qualcuno e la sua frase era terminata con "non puoi costringermi". Lo riferì a Meredith.

"Cosa pensi che significhi, Nicholas?"

Ridacchiò. "Se mi assomiglia un po', penso che significhi che è diventata una canaglietta. Sta facendo quello che vuole e non le interessa a chi piace e a chi no. Anche Jane era un po' così, ma non tanto quanto me." Si appoggiò di nuovo al divano e si strofinò gli occhi. "Sono stanco, maledizione. Sono in giro da quasi ventiquattr'ore."

Meredith si chinò e appoggiò la testa sul suo petto. "Pensi che riavremo presto Karen?"

Disse stancamente: "Penso di sì. Le cose si stanno muovendo abbastanza velocemente. I rapitori hanno commesso diversi errori e stanno diventando disperati. Io e Marcus controlleremo il cantiere ferroviario. Un altro vantaggio è la nostra piccola arma segreta. Sai, mi sto interrogando sulla sua capacità di trasformarsi in una ragazzina "reale"..."

Lei gli chiese tranquillamente: "Pensi che lei abbia ragione su di te e su di me?"

Nicholas non rispose. Si era addormentato di colpo.

Capitolo 7

Nicholas stava sognando.

Era di nuovo al picnic e aveva ancora la testa in braccio a Jane.

"Nicholas," disse Jane.

"Uhm-hmm", rispose lui.

"Hai ragione su Madeline. Ha deciso di rimanere con te."

"Bene, Janey. Ho bisogno di lei."

"E lei ha bisogno di te. Ma sono preoccupata per lei. Abbiamo tutti il libero arbitrio, il che significa che la scelta di rimanere è sua."

"Allora qual è il problema? Perché sei così preoccupata?"

"La sua situazione è unica, Nicholas. Se avesse avuto una vita normale e fosse morta naturalmente, una volta qui, non le sarebbe stato permesso di venire da te, se non come faccio io - nei sogni. Se la sua anima non fosse stata assegnata al suo feto, la situazione non sarebbe sorta.

"La maggior parte delle anime nella sua situazione scelgono di essere riassegnate ad un altro feto. Ha scelto di rimanere come chi sarebbe stata se fosse nata. La sua anima ha continuato ad invecchiare come se fosse una bambina reale e continuerà a farlo fino a quando non deciderà di essere riassegnata. Ciò che mi preoccupa è che lei ha tutto il potere di quelli che sono chiamati angeli nel tuo mondo e non ha idea di quale sia questo potere e lei ha il libero arbitrio. Non può essere richiamata a meno che non scelga di tornare qui, né può limitare il suo potere. È solo sua la scelta di tornare qui."

"A meno che il suo 'vero' sé non muoia."

Nicholas lasciò che la cosa metabolizzasse per un momento. Si alzò a sedere e guardò Jane.

"Mi stai chiedendo di farla uccidere?"

"È un'opzione da prendere in considerazione."

"No, non lo è." Si alzò e disse con fermezza: "Per la prima volta nella sua vita *e* nella mia, Madeline e io abbiamo la possibilità di trascorrere del tempo come padre e figlia. Non farò *mai* fai quella scelta per lei.

Mi sembra che qualcuno qui si stia rammaricando di avermi dato questo 'regalo'. Bene, buuuuu, *peccato*! Lei è il mio regalo e non la abbandonerò. Sono stato privato di una vita felice quando ho perso te e Madeline. Ora ho un'altra possibilità con Meredith e Karen e ho anche mia figlia. Potrei essere egoista, ma *non* rinuncerò a niente e a nessuno... e non posso credere che tu, tra tutte le persone, me lo stia chiedendo, Jane."

"È stata mandata solo per aiutarti con Meredith e Karen. Lei non appartiene a questo luogo, Nicholas."

"E quindi?"

Jane sorrise. "Mi è stato detto di provare a ragionare con te, Nicky. L'ho fatto. Ora, per me stessa, approvo Meredith e sono molto felice per te. Sapevo che non l'avresti abbandonata e sono contenta per questo. La tua vena testarda è una delle ragioni per cui mi sono innamorata di te. Ama nostra figlia, marito mio. Sembra che te la terrai per un po'. E buona fortuna."

Nicholas si svegliò. Era sdraiato sul divano con sopra una coperta. Sentì delle risate dall'ufficio. Diede un calcio alla coperta, si alzò e andò a vedere cosa fosse così divertente.

Meredith e Madeline erano nell'ufficio, ridacchiando. Quando apparve sulla soglia, Meredith disse: "Bene. Guarda chi è tornato tra i vivi!"

Madeline ridacchiò all'osservazione.

Nicholas disse: "È più vero di quanto pensi. Che ore sono?"

"Le tre in punto," disse Meredith.

"Che fate voi due qui?"

Meredith guardò Madeline. "Dovremmo mostrarglielo?"

Madeline annuì. "Guarda, papà."

Si appoggiò allo stipite della porta e guardò sua figlia. Lei brillava luminosa, rendendosi "reale". C'erano molte lattine piene sulla scrivania. Madeline le mise una mano su una, poi chiuse gli occhi e si trasformò di nuovo. Le tolse la mano dalla bibita.

"Bevi qualcosa, papà," disse.

Guardandola con sospetto, allungò la mano verso la bibita che lei aveva toccato.

La mano passò attraverso la lattina. Due volte. Sia Meredith che Madeline risero.

"Meredith dice che dovrei farlo ad una sedia per poi chiederti di sederticisi. Le ho detto che sarebbe una cosa cattiva." Poi ridacchiò di nuovo. "Ma sarebbe stato divertente, papà."

Nicholas la sentì a malapena. Madeline aveva cambiato qualcosa di reale in qualcosa di trasparente! *Aveva spostato un oggetto reale nel mondo degli spiriti in cui lei esisteva!* Se poteva farlo con una lattina... le implicazioni erano sbalorditive! Spostò la sedia del cliente in modo che potesse sedersi. *Merda!* pensò. *Può farlo solo con cose piccole? Poteva farlo con una sedia, una macchina o...*

"Nicholas? Stai bene?" chiese Meredith.

"Non sei arrabbiato con me, vero, papà?" chiese Madeline.

Scosse la testa. "Madeline, vieni qui." Si avvicinò e si fermò di fronte a lui, con un'espressione perplessa.

"Ho fatto qualcosa di sbagliato, papà?" chiese.

"No, piccola, niente affatto," rispose. "Ho qualcosa di serio da chiederti." Indicò la lattina. "Puoi farlo con una persona?"

Meredith sembrava sorpresa. Madeline sembrava spaventata.

"Papà, non dovrei farlo. Questa è una restrizione."

"Quindi, Madeline? Hai il libero arbitrio e l'hai già usato scegliendo di stare con me, vero?"

Lei annuì.

"E nessuno può farti tornare indietro se non vuoi, vero?"

Lei scosse la testa.

"Quindi a chi importa se si tratta di una restrizione? Non possono farti tornare se non vuoi e non possono toglierti i tuoi poteri. Dico bene?"

"Sì. Ma papà..."

"Aspetta un attimo, tesoro. Hai detto che rendersi "reali" consuma molto potere, ma non ne ho visto alcuna prova. È qualcosa che ti è stato detto prima che tu venissi qui?"

Lei annuì.

"Sai una cosa, Madeline... penso che ti abbiano mentito."

Meredith sussultò. "Nicholas! Che cosa stai dicendo?"

"Ho appena parlato con Jane..."

"Hai parlato di nuovo con la mamma?"

Nicholas annuì, poi continuò: "Ha detto che i poteri vorrebbero che io..." Fece una pausa. "Convincessi Madeline a tornare, perché lei ha il libero arbitrio e ha scelto di stare qui con me e *non possono farle fare qualcosa che non vuole fare*. Certo, ho rifiutato, perché è tempo che io sia egoista, sia per me sia per Madeline.

"Ma sono preoccupati. Apparentemente Madeline ha poteri enormi a causa della sua situazione. Jane l'ha paragonata al potere di quelli che chiamiamo "angeli". Dato che aveva scelto di tornare, le era stato detto che aveva delle restrizioni su quello che poteva fare mentre era qui, contando sul fatto che lei è fondamentalmente una bambina, e si fida di quello che le hanno detto.

"Forse non le hanno mentito, ma l'hanno ingannata."

"Nicholas," disse Meredith. "Perché la ingannerebbero?"

"Non lo so per certo, ma la mia ipotesi sarebbe di impedire alla razza umana di sapere che c'è una vita dopo la morte. Forse per evitare che l'intero mistero della vita diventi di dominio pubblico."

Rivolgendosi a Madeline, che aveva ascoltato con crescente frustrazione, disse, "Ed è quello che faremo, Maddy. Manterremo il segreto. Useremo i tuoi poteri quando ne abbiamo bisogno, ma non li spiegheremo e mentiremo se necessario. Tua madre mi ha detto che hai fatto la scelta di rimanere così come eri stata assegnata e che hai scelto di crescere come se fossi nata. Questo ti rende una bambina di dieci anni, con tutti gli impulsi e i crescenti dolori che accompagnano l'età. Penso che, all'interno, conservi ancora la maturità che avevi quando sei stata creata, quindi penso che, in fondo, capirai cosa sto per dire. Dovrai fidarti nel farmi prendere decisioni per te e qualche volta alcune di queste decisioni potrebbero sembrarti come contro quello che vorresti fare. Devi restare qui e permettermi di guidarti come se fossi una bambina reale. Puoi farlo? Puoi fidarti di me e Meredith e farci prendere decisioni per te?"

Madeline ci pensò per un minuto e disse: "Hai ragione, papà. E posso fidarmi di voi, ragazzi... lo sapevo prima che venissi qui. Abbiamo un accordo."

"Una domanda. La lattina di soda, puoi riportarla indietro?"

"Certo, papà. È facile."

Nicholas disse: "Ok, piccola. Ecco cosa voglio che tu faccia." Fece un respiro profondo. "Cambiami. Portami da te."

"Nicholas, no!" disse Meredith. "Quello che stai considerando è temerario e potrebbe essere pericoloso. Queste sono cose che non dovremmo sapere! Non sai cosa ti farà!"

L'uomo disse a Meredith: "Penso di sapere cosa mi farà. Sono la cavia." A Madeline disse: "Un'altra domanda. Potrò passare attraverso i muri e andare dove voglio?"

"Sarai un'essenza dell'anima, proprio come me. Sarai in grado di renderti invisibile e andare dove vuoi semplicemente pensandoci. Non avrai tutti i miei poteri."

"Fallo, piccola."

Madeline chiuse gli occhi e si rese "reale". Li aprì e guardò Nicholas. "Papà, sei sicuro di essere pronto per questo?" Lui annuì. "Okay, papà, dammi le mani e chiudi gli occhi." Lo fece.

Mentre Meredith li osservava, Madeline chiuse gli occhi. Il bagliore bianco li racchiuse entrambi e sembrò brillare più di quanto non avesse mai fatto prima. Per Meredith, il bagliore durò più a lungo di quanto non facesse normalmente. Gradualmente svanì.

Per Nicholas, era come se fosse immerso in un calore amichevole che gli dava la pelle d'oca allo stesso tempo. Si sentiva tranquillo e sentiva l'amore di Madeline fluire su di lui come un'onda calda su una spiaggia. Quando il bagliore svanì, lo sentiva ancora addosso. Poteva anche sentire la preoccupazione di Meredith e poteva sentire il suo amore per Karen, Madeline e sé stesso. Era una sensazione incredibile e indescrivibile. Madeline lasciò andare le sue mani.

"Papà, puoi aprire gli occhi ora. Sono qui se hai bisogno di me."

Nicholas aprì gli occhi ad un mondo di luce. Trasse un respiro veloce. Tutto intorno a lui brillava di luce in una miriade di colori vivaci. La scrivania, il computer, gli schedari brillavano di un azzurro pallido. Meredith era circondata da un bagliore bianco che gradualmente si trasformò in una fitta fascia giallo pallido, poi un blu scuro mentre si avvicinava al suo corpo. Sfere di luce di tutti i colori immaginabili passavano dentro e fuori dall'ufficio, attraversando i muri come se non ci fossero. Occasionalmente, una figura riconoscibile come umana passava andando su o giù. Notò che quelle che si muovevano verso l'alto erano circondate da colori brillanti e quelle che si muovevano verso il basso brillavano in colori estremamente scuri. Era più bello di quanto potesse mai sperare di descrivere. Quindi guardò Madeline.

Era ancora Madeline, ma era circondata da una luce bianca pallida. Dal punto in cui le sue spalle incontrarono la base del suo collo, una luce bianca e brillante cadeva a sinistra e a destra fino al pavimento. Le luci non erano ali, ma sembravano molto simili. Il blu nei suoi occhi brillava di un'intensità che normalmente gli avrebbe fatto male agli occhi.

"Oh, Madeline, sei così bella," disse Nicholas. "Tutto è così incredibilmente bello! È così che vedi le cose tutto il tempo?"

Lei annuì. "Tranne quando sono 'reale', papà."

"I colori sono scintillanti. Cosa significano?"

"Guarda Meredith, papà, e te lo dirò. Il biancore esterno è la sua bontà. Vedi quanto è ampio? Ciò significa che è una brava persona. L'ampia banda gialla è il suo amore per tutti noi, Karen, tu ed io. Il blu scuro più vicino al suo corpo è la sua preoccupazione. È preoccupata per Karen e per te." Lei indicò l'ufficio. "Tutto ha un'aura, persino cose come una scrivania o una lattina. Tutto qui ha una luce blu pallida, perché li usi per fare cose buone.

"Le sfere che vedi passare sono messaggeri. Non sono proprio quelli che chiami 'angeli', ma sono vicini. Trasmettono messaggi da coloro che sono incaricati alle persone che stanno facendo il loro lavoro qui sulla terra. Gli atti casuali di gentilezza risultano spesso da uno di essi che vi sfiora. Più il colore è luminoso, più la bontà è contenuta nel messaggio. Cerca di non interferire con un globo di colore scuro, però. Ovviamente servono un potere più oscuro. Possono causare atti casuali di violenza e orrore se ne tocchi accidentalmente uno."

"Le tue labbra non si stanno muovendo."

"Stiamo comunicando telepaticamente."

"Mi sembri diversa... più matura."

"Questo perché sono più che solo Madeline qui. Sono la somma di te, mamma e me stessa."

Nicholas indicò le luci che scendevano dalle sue spalle. "Cosa sono quelle, Madeline?"

"Quelle rappresentano la mia energia e forza vitale. Prima di essere concepita, ero ciò che definiresti un "angelo". Era passato tanto tempo da quando ero stata assegnata a una persona, ho scelto di essere assegnata a te e mamma a causa di un certo numero di cose e del potenziale che voi due avevate.

Non sei stato l'unico trattato ingiustamente quando il mio corpo ospitante ha fallito e la mia mamma scelta è morta.

"Il potenziale che tu e mamma avete portato è di nuovo presente, papà, con te e Meredith. Guarda le tue spalle."

Nicholas guardò prima a destra, poi a sinistra. Anche lui aveva delle cascate leggere dalle spalle, anche se non erano luminose o piene come quelle di Madeline.

"Come posso avere queste, piccola? Non sono un angelo."

"Se continui sulla strada che stai seguendo, hai il potenziale per diventarne uno. Quelle persone che fanno un bene straordinario di solito lo diventano."

"È fantastico! Meredith, dovresti vederlo!"

"Non può vederci o sentirci, papà. Siamo su un piano di esistenza che gli occhi umani non possono registrare. Ti ho portato più in alto di quanto avevi intenzione, in modo che tu potessi avere un'idea di chi e di cosa sia realmente tua figlia, per darti speranza per il futuro e per mostrarti a cosa ti porteranno le cose buone che fai. Quando torneremo su un piano leggermente più basso, lei sarà in grado di vederci e sentirci e non sarà passato il tempo."

Una figura umana passò attraverso l'ufficio, avanzando diagonalmente verso l'alto, immersa in una luce gialla pallida.

"Cosa sono le figure umane che passano di qui, Madeline?"

"Cosa pensi che siano?"

"Penso che siano... persone che sono appena morte e che stanno arrivando da dove sei venuta."

"Molto bene, ma non tutti stanno andando verso il bene. Ricordi che le sfere di colore più scuro servono un altro potere? È la stessa cosa con quelli che sono morti. Se sono circondati da un colore scuro, stanno andando da qualche altra parte."

Nicholas si guardò attorno meravigliato. Non voleva ancora tornare indietro... diavolo, non avrebbe mai voluto tornare indietro. Pensò a un paio di altre domande per sua figlia.

"Due domande per te, piccola: in primo luogo, come ti muovi da un posto all'altro?"

Lei gli sorrise. "So dove vuoi arrivare chiedendomelo, ma risponderò comunque alle tue domande. Penso a dove voglio essere o a chi voglio vedere. Pensare è già essere lì."

"Puoi trasportare qualcuno che hai cambiato?"

"Sì."

"Sai cosa ti chiederò di fare, vero?"

"Sì. Sono sorpresa che ti ci sia voluto così tanto, papà."

"Odio lasciare tutto questo, ma immagino che sia tempo per noi di tornare indietro."

Lei annuì. "Chiudi gli occhi e dammi le tue mani."

Il cambio era come essere tirato da un letto caldo e gettato in una doccia fredda. Nicholas sentì il calore che lo circondava all'improvviso lasciarlo e quando fu di nuovo conscio del suo corpo, sembrò come se fosse in una gabbia. Quando aprì gli occhi, tutto tornò alla normalità. Madeline aveva ancora le mani nelle sue. La attirò a sé e la strinse forte.

"Grazie, cara figlia," le sussurrò all'orecchio. "È stato un regalo meraviglioso."

"Prego, papà. Ti voglio bene."

"Anch'io, piccola."

Meredith li stava osservando attentamente. "Sto aspettando che qualcuno spieghi cosa è appena successo, per favore."

"Meredith, è stato fantastico," disse Nicholas. "Il mondo è pieno di luce e colori e le cose che accadono intorno a noi sfidano ogni descrizione. Non riesco a pensare a parole che siano sufficienti a spiegarlo. Una cosa è vera, però... abbiamo un angelo in mezzo a noi.

"Madeline, voglio che tu torni al tuo 'irreale' in questo momento."

"Perché?"

"Te lo spiegherò dopo averlo fatto, tesoro. Va bene?"

"Va bene." Chiuse gli occhi, cambiò e li riaprì.

"Una delle cose che sappiamo è che puoi essere ferita o addirittura uccisa quando ti trasformi in una ragazza 'reale'. Qualunque siano gli esseri superiori, siano essi Dio o Karma o chiunque altro, ti vogliono indietro da dove vieni. Hanno incaricato tua madre di incoraggiarmi a cercare di farti uccidere, in modo che tu possa divenire effettivamente uno spirito invece di un'essenza dell'anima. Io ho rifiutato categoricamente. Hai fatto la scelta di rimanere e farai la scelta di andartene... ma solo quando sarai pronta a partire.

"Allora? Apparentemente è l'unica volta in cui sei vulnerabile. Faremo del nostro meglio per limitare la tua vulnerabilità. Tu cambierai solo quando potrai essere protetta. Punto. Capito?"

"Si papà."

"Ora, d'altra parte, ecco quello che ho bisogno che tu faccia subito: vai da Karen, cambiala come hai fatto con me e portala qui. Ma fallo solo se puoi farlo senza essere vista da nessuno tranne lei. Hai capito?"

"Si papà."

"Madeline, stai attenta."

"Lo farò, papà. Torna tra un minuto!" Sorrise allegramente e svanì.

Meredith aveva un'espressione stordita sul viso. "Mio Dio, Nicholas! Sarà così facile?"

Lui andò da lei e la strinse. "Lo spero, Meredith. Viaggia attraverso il pensiero, quindi non dovrebbe impiegare troppo tempo per portare Karen qui. Ho avuto l'idea non appena vi ho viste giocare con due lattine. Se Madeline può salvare Karen, Karen sarà in grado di identificare i suoi rapitori. Marcus e io sistemeremo la cosa dopo."

"Cosa succede poi, Nicholas?"

"Dopo che i rapitori sono stati arrestati, andremo al processo. Tu e soprattutto Karen dovremo testimoniare in tribunale per il rapimento stesso."

"Come spiegheremo il salvataggio? Non saremo in grado di dire che la tua figlia "angelo" l'ha portata via da loro."

Lei si fermò a pensare per un minuto. "Elaborerò una specie di storia che sia io che Karen potremo ricordare e ci atterremo a questo. In questo momento, sono più preoccupato di riportare Karen al sicuro. Tutto il resto andrà a posto."

Si sedettero sulle sedie dell'ufficio e attesero. Meredith prese un fazzoletto dalla scatola e si asciugò gli occhi. Occasionalmente, Nicholas si allungava e le stringeva la mano. Nicholas si alzò e camminò avanti e indietro per l'ufficio un paio di volte, poi si sedette di nuovo. Lui e Meredith cercarono di parlare, ma entrambi erano così preoccupati che una conversazione era impossibile. Meredith aveva trasformato il suo fazzoletto in un mucchietto irriconoscibile, quindi lo lasciò cadere nel cestino. Nicholas tornò di nuovo a passeggiare per l'ufficio.

Dopo che erano trascorsi quindici minuti, Meredith chiese: "Ci vorrà tanto?"

"Non lo so, ma non credo. Deve aver avuto dei problemi."

"Oh, Dio, Nicholas, non posso sopportare di più di questo! Ora sono preoccupata per *entrambe le* ragazze!"

"Anch'io. Lasciami provare qualcosa," disse. "Madeline!" chiamò. "Mi senti, piccola?" Aspettò un minuto. Nessuna risposta. "Madeline! Rispondimi, tesoro!"

Madeline apparve. "Papà, non ho potuto raggiungerla! La stanno spostando! Per questo ci è voluto così tanto tempo!"

"Spostandola? Dove?"

"L'hanno portata alla ferrovia, papà, e non posso raggiungerla senza che qualcuno mi veda. La stanno sorvegliando come se stessero per fare qualcosa con lei."

Guardò di sbieco Meredith. "Stava piangendo, papà e lui l'ha schiaffeggiata." Meredith si sedette pesantemente sulla sua sedia. "Mi sono arrabbiata e volevo fare qualcosa, ma mi sono ricordata quello che mi hai detto."

"Hai fatto bene, tesoro. Ma chi l'ha schiaffeggiata?"

"Quel poliziotto che hai incontrato da Meredith. Parker. È al comando e ha altri quattro poliziotti con lui. Uno di loro è quel poliziotto che ti ha dato il biglietto. Martin."

Capitolo 8

Meredith aveva una lacrima che le scendeva lentamente lungo la guancia. Nicholas la vide e il suo cuore si appesantì. Ma rafforzò anche la sua determinazione.

"È ora di andare a prenderla. Basta scherzare," disse.

"Vengo con te," disse Meredith.

"No, neanche per idea, Meredith. È troppo pericoloso." Ho bisogno di te qui per poter sapere che sei al sicuro."

"È mia figlia, Nicholas."

"E sarà anche la mia. Lasciami fare il mio lavoro per favore, senza dovermi preoccupare di te."

Lei lo guardò negli occhi e annuì. "Va bene. Riportamela."

Lui si rivolse a Madeline. "Tu, invece, vieni con me. I tuoi ordini sono di rimanere invisibile e guardare Karen. La prima possibilità che avrai di trasportarla in sicurezza, la prenderai senza preoccuparti per me. Hai capito?"

"Sì papà."

Nicholas sollevò il telefono sulla scrivania e compose il numero del cellulare di Marcus.

"Marcus Moore."

"Sono Nicky. Dobbiamo muoverci subito. So dov'è Karen Richardson e so chi sono due dei rapitori."

"Dimmi tutto. Sto andando verso l'auto ora."

"Karen è ai cantieri ferroviari. Il capo dei rapitori è il detective George Parker. Ha un gruppo di altri quattro poliziotti con lui. Uno di questi è l'agente Jason Martin. Penso che si stiano preparando a trasferirla."

"Dove sei, Nicky?"

"Nel mio ufficio."

"Sarò lì tra cinque minuti, Nicky."

"Ti aspetterò."

Poi riattaccò. "Hai sentito cosa gli ho detto, giusto?" chiese a Meredith.

Lei annuì.

"Se per qualsiasi motivo non tornassi, ti metti in contatto con il Capo della Polizia e gli dici quei due nomi e quello che hanno fatto. Madeline avrà la possibilità di portare Karen qui e quando lo farà, ti prenderai cura di entrambe le ragazze. Sono sicuro che Marcus sta riferendo quello che gli ho detto all'FBI." Estrasse la pistola, controllò le munizioni e infilò altre munizioni nella tasca dei pantaloni. Mise la pistola nella fondina e guardò Madeline.

"Quando mi hai cambiato, abbiamo parlato telepaticamente", le disse. *Riesci a leggermi nel pensiero?* pensò.

Lei annuì e disse: "Sì, papà, posso leggere la tua mente."

"Bene. Quindi stai attenta: potrebbe essere l'unico modo in cui posso comunicarti un piano. Andiamo fuori e aspettiamo Marcus." Si sporse e baciò Meredith. "Ti amo, donna."

"Anch'io ti amo, Nicholas Turner."

"La chiave di scorta per la porta dell'ufficio è nel cassetto centrale della scrivania. Non andartene finché Madeline non torna con Karen. Quando te ne andrai, vai direttamente all'ufficio dell'FBI e aspetta un nostro contatto. Maddy-cat, renditi invisibile e andiamo."

Madeline svanì quando Nicholas uscì dalla porta e la chiuse dietro di sé.

Arrivò fuori proprio mentre Marcus entrava nel parcheggio.

"Andiamo, Marcus. Non penso che abbiamo molto tempo."

Marcus si allontanò velocemente verso i cantieri ferroviari. "Come hai ottenuto quelle informazioni? Snickers ha scoperto qualcosa?"

"Ti spiegherò tutto dopo, Marcus. In questo momento, diciamo solo che ho ricevuto alcune informazioni privilegiate. L'hai riferito al Bureau?"

"Il posto sarà inondato di agenti tra circa quarantacinque minuti."

La stanno mettendo in un container ora, papà, sentì Nicholas nella sua testa.

"Non abbiamo quarantacinque minuti."

Marcus guardò il suo amico. "E come fai a saperlo?"

"Marcus, io... Senti, siamo a due minuti di distanza. Non ho abbastanza tempo per dirtelo, ma ti dirò tutto quando sarà finita. Lo prometto. Abbi fiducia in me adesso, ok?"

"Come sempre, Nicky."

"E se dovessi vedere qualcosa... di insolito... cerca di ignorarlo. Fa tutto parte della spiegazione."

Marcus guardò il suo amico con una strana espressione sul viso e continuò a guidare.

Hanno sigillato il contenitore, Madeline? Pensò Nicholas.

N° Dì a Marcus di continuare a guidare, papà. Ti guiderò dove sono.

Capito, piccola.

Erano all'ingresso dei cantieri ferroviari. Una recinzione a catena con un cancello di sicurezza con un piccolo chiosco circondava i cortili. C'erano vagoni ferroviari parcheggiati sui binari, in attesa di essere assegnati ai treni che li avrebbero portati alle loro destinazioni. I container erano impilati in file di tre e quattro in alto in tutti i cantieri e molti erano centrati attorno all'enorme gru che sollevava i container dai camion a diciotto ruote che li portavano, caricati e pronti per essere messi su un vagone ferroviario per il trasporto. Vuoti sarebbero stati sollevati e rimessi sui camion sparpagliati intorno alla gru. C'erano molti viali larghi un metro e venti tra le pile di container, per consentire l'accesso di carrelli elevatori e altre attrezzature. Due volanti della polizia e una macchina della polizia senza contrassegni erano parcheggiati proprio all'interno del cancello.

"Ci sono le macchine della polizia, Nicky."

"Le vedo. Ascolta, non fermarti. Ti guiderò dove devi andare."

"Cosa, hai un GPS interno o qualcosa del genere?"

"Qualcosa del genere", disse Nicholas con un piccolo sorriso.

Gira a destra alla prima fila di container.

"Svolta a destra alla prima fila di container."

Marcus sforzò l'auto in una svolta a destra.

Gira a sinistra subito dopo la gru.

"Svolta a sinistra appena oltre la gru."

La macchina sterzò a sinistra.

Dodici file più avanti, gira di nuovo a destra. Sono a cinque file dopo che la svolta.

"Dodici file avanti, gira a destra. Saranno a cinque file dopo la svolta."

Ci sono solo tre poliziotti al container. Non so dove siano Parker e Martin, papà. Rimango vicino a Karen.

Stai attenta, piccola, Pensò Nicholas.

"Marcus, ci sono tre poliziotti al container con la bambina. Parker e Martin non sono in vista. Quando arriveremo a loro, prenderemo i tre poliziotti. Allora proverò a trovare Parker. Non preoccuparti per Karen. Ho già un piano in atto per portarla in salvo."

Marcus imboccò l'ultima svolta, andando più veloce che poteva e mantenendo il controllo della vettura. I tre poliziotti erano in piedi davanti ad un container aperto, mentre la macchina si precipitava su di loro, con le bocche aperte in "O" sorprese. Marcus pigiò sui freni e sia lui che Nicholas saltarono fuori dalla macchina, con le pistole spianate, usando le porte per ripararsi.

"FBI! FERMI!" gridò Marcus. "MANI IN ALTO! SUBITO!"

Colti impreparati, i due poliziotti sollevarono le mani sulla testa. Il terzo poliziotto allungò la mano verso la sua pistola. Marcus gli sparò proprio sopra l'occhio sinistro e il poliziotto cadde come una pietra.

"A TERRA, STRONZI! SUBITO!"

Gli altri due poliziotti si stesero lentamente a faccia in giù sul terreno. Nicholas e Marcus si avvicinarono lentamente a loro, presero loro le armi e gli ammanettarono i polsi.

"Nicky, quello sparo avrà messo in allarme gli altri due, quindi stai attento. È come un labirinto qui dentro."

Nicholas annuì, poi entrò nella porta del container. Karen Richardson era distesa su una brandina imbullonata al lato del container. I suoi polsi erano incatenati sopra la testa e le caviglie erano incatenate al pavimento. Aveva del nastro adesivo sulla bocca e stava piangendo.

"Karen?" disse Nicholas.

La bambina fece segno di sì.

"Sono Nicholas."

I suoi occhi si spalancarono.

"Madeline ti porterà da Meredith. Ti fiderai di lei?"

Annuì di nuovo.

"Brava ragazza. Quando torno, voglio un grande abbraccio. Va bene?"

Annuì di nuovo.

"Madeline!" chiamato Nicholas.

Madeline apparve, in piedi accanto a Karen.

"Ciao papà!"

"Ciao, piccola", disse. "È ora di tirarla fuori di qui."

"Chi è questa?" disse Marcus da dietro di lui.

"Merda, Marcus, mi hai spaventato!"

"Non imprecare, papà."

"Papà?" disse Marcus.

Nicholas scosse la testa. "Non è così che volevo mostrartela, Marcus, ma... ricordi la bambina che ti ho detto che ho visto nel mio ufficio? Marcus, ti presento la tua figlioccia. Questa è Madeline."

Marcus guardò Nicholas e Madeline, perplesso. "Madeline? Hai una figlia di cui non mi hai parlato, amico?" Diede a Madeline un'occhiata più da vicino. La comprensione iniziò a palesarsi sul suo volto. "Mio Dio, Nicky, assomiglia molto a Jane... ma come... cosa..."

"Stai per vedere anche qualcos'altro. Madeline, porta Karen da Meredith adesso. Sto per andare a caccia. Marcus, risponderemo a tutte le tue domande più tardi." Nicholas lasciò il contenitore.

Dietro di lui sentì Marcus dire, "Da dove viene quel bagliore?" Sorrise.

Camminando verso i due poliziotti ammanettati, Nicholas disse: "Non credo che voi, signori, vorreste dirmi dove trovare Parker e Martin, vero?"

"Fottiti, Turner," disse uno di loro.

"Puoi succhiare il mio uccello, stronzo," disse l'altro.

Nicholas annuì. "Sarebbe forte. Ma lascia che ti faccia notare un paio di cose. Sei ammanettato e finirai in prigione per il rapimento. In una prigione *federale*, signori. Il tuo amico lì," disse, mentre indicava il poliziotto morto, "non sta andando da nessuna parte, tranne forse all'inferno. Se fossi in voi due, di sicuro non vorrei andare in prigione da solo. Se sopravvivrete fino alla prigione, ovviamente. Vedi, siete entrambi bloccati qui allo scoperto." Agitò il braccio, indicando l'area intorno a sé. "Da qualche parte qui fuori ci sono due ragazzi che sanno che potete testimoniare contro di loro e sono entrambi armati *e loro sanno che vi abbiamo preso*. Abbiamo pochi minuti prima che l'FBI vi porti via." Fece una pausa. "Il vostro amico potrebbe non essere il solo ad andare all'inferno." Iniziò ad andarsene. "Buona fortuna, signori."

"Aspetta un attimo, Turner," disse il primo poliziotto.

Stai zitta, idiota!" disse il secondo.

"Vuoi stare qui fuori e aspettare che quel fottuto Parker ti faccia fuori? Non io," disse il primo. "Turner, spostami al coperto e ti dirò dove sono andati."

"No. Prima me lo dici, poi ti sposto."

"Sono andati a chiamare il tizio che ci aveva ingaggiato, poi sarebbero andati all'ufficio ferroviario per organizzare la spedizione del container."

"Chi vi ha assunto?"

"Non lo so. Parker non ce lo ha mai detto. Penso che avesse paura che provassimo a fregargli il contatto o qualcosa del genere. Ora spostaci, dannazione!"

Nicholas tirò in piedi il primo poliziotto, poi il secondo. Mentre li guidava verso il contenitore aperto, uno sparo risuonò e il secondo poliziotto barcollò, ma si alzò in piedi. Iniziarono tutti a correre. Un altro sparo suonò, ma colpì il terreno dietro di loro. Raggiunsero la sicurezza del container e il poliziotto che era stato colpito cadde a terra. Era stato colpito alla coscia e sanguinava.

Marcus aveva estratto la sua pistola. Nicholas strappò una striscia di stoffa dai pantaloni del primo poliziotto e la avvolse attorno alla ferita del secondo poliziotto.

"Da dove vengono gli spari?" chiese Marcus.

"Non lo so. Ero troppo occupato a spostare questi ragazzi per notarlo."

"Parker o Martin? O entrambi?"

"Probabilmente Martin. Probabilmente Parker se l'è data a gambe."

"Uno di noi deve occuparsi di Martin, Nicky."

"Lo so. Sarò io. Sei l'ufficiale che ha arrestato di questi due."

"Sai che hai qualche spiegazione seria da dare su quello che ho visto accadere qui, vero?"

"Oh, sì."

"Quindi torna tutto d'un pezzo, allora. Vai. Proverò a darti copertura se è necessario."

Nicholas prese fiato e uscì dal container.

Madeline e Karen apparvero direttamente davanti a Meredith. Karen aveva ancora il nastro adesivo sulla bocca, ma i suoi occhi erano spalancati per lo stupore. Meredith urlò di gioia e corse ad abbracciare le ragazze, ma passò loro attraverso.

"Aspetta, Meredith," disse Madeline. Chiuse gli occhi e cambiò di nuovo Karen e sé stessa in "reali".

Meredith avvolse entrambe le ragazze tra le sue braccia. Cominciò a baciarle alternativamente, parlando con loro per tutto il tempo.

"Karen" *smack* "Madeline" *smack* "Ero così" *smack* "preoccupata!" *smack*
"Siete entrambe" *smack* "al sicuro ora!" *smack* "Siete" *smack* "ferite?" *smack*

Madeline ridacchiò. "Meredith, ci stai facendo il solletico!" Poi ridacchiò
di nuovo. "Dovremmo togliere il nastro dalla bocca di Karen molto presto. Ha
molto da dirti."

Meredith guardò attentamente Karen. "Oh, piccola, mi dispiace così
tanto!" Karen roteò gli occhi. "Ecco, proviamo a toglierlo." Iniziò gradualmente
a staccare il nastro dalla bocca di Karen. Alla fine, tirò velocemente.

"Ahia, Mammaaaa! Fa male!" disse Karen.

"Oh, mi dispiace così tanto, tesoro," rispose Meredith.

"Mamma! Dovresti vedere cosa mi ha mostrato Madeline!" disse Karen. "È
talmente bello, mamma e così tranquillo!"

Meredith guardò Karen, disorientata.

Madeline diede una gomitata a Karen. "Non vuole ancora sentirlo,
ding-dong! Vuole sapere cosa è successo con quegli uomini cattivi."

"Oh. Ok. Scusa, mamma," disse Karen. "Stavo tornando a casa da Amanda
e una macchina della polizia si ha accostato accanto a me. Si è fermata e due
poliziotti sono scesi. Mi hanno chiesto dove stavo andando e ho detto "a casa",
e poi uno di loro mi ha afferrato e mi ha buttato nel bagagliaio. Hanno guidato
tanto. Quando ci siamo fermati, eravamo in questa casa. Mi hanno preso e
chiuso a chiave in una stanza nel seminterrato. Poi è arrivato quest'altro uomo.
Ha detto che era un poliziotto, ma non aveva i vestiti da poliziotto. Indossava
un vestito. Mi ha chiamato il suo fondo pensione, qualunque cosa sia. Uno
degli altri poliziotti lo ha chiamato Parker," Meredith rimase a bocca aperta
a sentirlo, "e Parker ha detto che sarei uscita da quella stanza molto presto.
Poi Madeline ha iniziato ad entrare e parlare con me. Ha detto che sarebbe
andato tutto bene. Ha detto che suo padre mi stava cercando e che tu eri molto
preoccupata e tu e il suo papà vi eravate innamorati e che lui mi avrebbe salvato
e si sarebbe assicurato che quei cattivi poliziotti sarebbero stati puniti. Poi oggi
quei poliziotti mi hanno portato in un posto con un sacco di vagoni ferroviari
e il papà di Madeline ha fermato i poliziotti che erano lì e ho incontrato questo
simpatico uomo dell'FBI. Poi Madeline mi ha trasformato in un fantasma e mi
ha portato qui." Fece una pausa. "Dove siamo?"

"Siamo nell'ufficio di papà. E non ti ho trasformato in un *fantasma*," disse
Madeline.

"Oh."

"Era un'essenza dell'anima."

"Cos'era?"

"Ragazze, mettete da parte gli argomenti per dopo, ok?" Meredith abbracciò di nuovo Karen. Quindi si rivolse a Madeline e l'abbracciò forte. "Grazie," sussurrò all'orecchio di Madeline.

Madeline la abbracciò e sussurrò all'orecchio di Meredith. "Prego, Meredith." Poi baciò la guancia di Meredith. "Ti voglio bene."

"Anch'io ti voglio bene, piccolo angelo", rispose Meredith. "Dov'è tuo padre? Sta arrivando?"

"Ha fermato solo tre dei poliziotti cattivi. Parker e Martin erano ancora liberi quando sono partita con Karen."

Il cuore di Meredith sobbalzò alla notizia. Il suo viso doveva far trasparire la sua angoscia, perché Karen, cercando di non far preoccupare sua madre, disse: "Mamma, Madeline ha detto che tu e papà stavate per sposarvi e che sarebbe stato anche mio papà e lei sarebbe stata mia sorella. E ha detto che saremmo tutti felici insieme."

"Ha ragione, tesoro," disse Meredith. "Non so come so che voglio passare il resto della mia vita con Nicholas, ma è così. E so che ci amerà entrambe. E anche Madeline."

Madeline era in agitazione. "Meredith, non ti piacerà questo."

"Cosa, tesoro?"

"Io sto tornando indietro. Papà avrà di nuovo bisogno di aiuto."

Meredith aprì la bocca per dire a Madeline che non avrebbe fatto nulla del genere, ma la chiuse di nuovo. Ebbe un'idea. Nicholas poteva essere arrabbiato, ma aveva i suoi conti da regolare con Parker. L'uomo era stato nella sua *casa*, facendo finta di cercare sua figlia quando era proprio lui che aveva causato la sua preoccupazione per tutto il tempo. Come osava mettere in pericolo la sua famiglia? Come osava provare a vendere sua figlia alla schiavitù sessuale, forse anche peggio? Oh, aveva un conto in sospeso, proprio così!

"Madeline, andremo *tutte*. Cambiaci."

Quando Nicholas uscì accucciato fuori dal container, si buttò a sinistra. A meno che Martin non fosse da qualche parte in alto, non poteva avere una visuale per colpo preciso finché Nicholas si trovava tra le file di container. Se Martin non aveva un fucile e stava usando la sua pistola, anche la sua portata sarebbe stata limitata. Le probabilità erano buone che, se Nicholas fosse stato prudente, l'agente criminale si sarebbe dovuto allontanare dalla sua posizione. Ma era ancora vicino?

Nicholas decise di provare a correre verso la macchina per vedere se poteva attirare il fuoco di Martin. Mentre scattava, due colpi risuonarono e colpirono il terreno vicino ai suoi piedi. Quando raggiunse la relativa sicurezza della macchina, intravide una manica blu di un'uniforme dietro un container a due file dietro l'auto, a sinistra, nella direzione da cui erano venuti. Si appoggiò al cofano e prese la mira con attenzione.

"Martin!" Gridò Nicholas. "Lascia perdere, amico, è tutto finito!"

Martin non rispose. Nicholas tenne la mira ferma e sparò contro la manica. Si spostò rapidamente dietro il contenitore.

"Dannazione!" disse sottovoce. Poi disse: "Scusa, Madeline." Nicholas immaginò di avere solo sfiorato il braccio di Martin, ma almeno gli aveva fatto sapere che poteva essere ucciso o ferito con la stessa facilità con cui Martin aveva sparato all'altro poliziotto. Corse velocemente verso il container dietro cui Martin si era nascosto e si appiattì contro il fianco.

"Martin! L'FBI è in arrivo adesso! Se ti arrendi ora e accusi Parker, per te sarà molto più facile!"

Nicholas sentì un suono alle sue spalle. Martin aveva girato intorno al container! Nicholas si girò e sparò nello stesso momento in cui Martin sparò. Il colpo di Martin mancò la testa di Nicholas di un pollice e rimbalzò sul contenitore con un gemito di rabbia. Il colpo che Nicholas aveva sparato aveva colpito Martin al braccio sinistro. Martin corse lungo il contenitore e sparì dietro l'angolo. Nicholas sparò di nuovo contro l'uomo, ma sparò troppo velocemente e lo mancò. Ma il suo primo colpo aveva ferito Martin e sanguinava, lasciando una scia di sangue che Nicholas poteva seguire. Il guaio era che Martin avrebbe saputo che stava lasciando una scia e sarebbe stato all'erta sapendo che Nicholas lo stava cercando.

Senza altra scelta, Nicholas iniziò a seguire la sua preda.

Marcus aveva riferito tutto, facendo sapere al Bureau che erano stati sparati colpi e che c'erano feriti sulla scena. Disse anche loro di fare attenzione, perché Nicholas stava dando la caccia ai due poliziotti infedeli rimasti. Il Bureau avrebbe gestito la risposta in autonomia a causa del coinvolgimento di poliziotti infedeli. Odiava dover stare nel container per fare da baby-sitter ai due poliziotti, mentre il suo amico stava affrontando il pericolo da solo. Si voltò a guardare i due. Per fortuna, stavano esercitando pienamente il loro diritto a rimanere in silenzio. Marcus aveva molto a cui pensare.

Nicholas aveva presentato la ragazzina come figlioccia di Marcus e l'aveva chiamata Madeline. La sua somiglianza con Jane era sbalorditiva. Poteva solo concludere che lei era chi Nicky gli aveva detto che era. Come poteva essere possibile? Madeline era morta da feto. Poi, mentre la guardava, aveva brillato di una luce intensa, aveva toccato la ragazza Richardson, brillato di nuovo, poi entrambe le ragazze erano sparite alla vista. Le catene che reggevano la ragazza di Richardson erano cadute sul pavimento del container come se fosse passata loro *attraverso*.

Marcus non si era mai sposato, perché il suo lavoro al Bureau lo teneva in bilico tra l'aiutare Nicky con i suoi casi e il rimanere al comando di società di sicurezza privata che avevano contratti per lavoro con il governo, come Joey Justice della Justice Security. Il suo lavoro era la sua vita e aveva sofferto molto quando Jane e la bambina erano morte. Non vedeva l'ora di essere un padrino.

C'era una fontana in uno dei parchi della città. Marcus la chiamava privatamente "il pozzo dei desideri". Aveva gettato molte monete di resto nella fontana negli ultimi dieci anni, desiderando pace e felicità per il suo amico. I suoi desideri alla fine si erano avverati?

E se era così, era sotto forma di un fantasma?

George Parker stava tornando alla macchina che aveva lasciato parcheggiata nel parcheggio del piazzale. Sapeva che il posto sarebbe stato presto pieno di agenti dell'FBI, tutti pronti a fargli il culo. Stava maledicendo Nicholas Turner sottovoce. Come sapeva quel figlio di puttana dove trovarlo? Nessuno sapeva che il trasferimento era oggi e nessuno sapeva che c'era lui dietro il rapimento della ragazzina Richardson.

Era il quarto rapimento che aveva supervisionato. Quando era stato contattato per vedere se poteva essere interessato a fornire intrattenimento per un gruppo di pezzi grossi benestanti, la remunerazione si era rivelata eccezionale. Aggiunti ai soldi che aveva confiscato, raccolto e estorto durante i suoi anni da poliziotto, un paio di questi rapimenti gli avrebbero permesso di raggiungere il suo obiettivo personale e lui sarebbe potuto sparire in Sud America e vivere il resto della sua vita nei Quartieri Alti. La ragazza Richardson avrebbe dovuto essere l'ultima.

Non gli importava cosa fosse successo a quelle che aveva rapito. Da poliziotto, aveva imparato da molto tempo a dividere in compartimenti i suoi sentimenti e non pensava a loro dopo che il lavoro era finito. Fino a quel momento, aveva sempre trovato bassa manovalanza per il vero rapimento e l'aveva pagata di tasca propria. Avrebbe usato quel fottuto Ricky Logan per questo colpo ma si era ritirato all'ultimo minuto. Andava bene, però. L'uomo a contratto che aveva assunto per fottere Logan e Turner si era preso cura di Logan. Gli mancava Turner, però... poi era morto. Peccato per l'uomo del contratto... ma aveva risparmiato a Parker dal tirarlo fuori dai guai e ripulire il casino.

Poi quel dannato Martin aveva sparato alla casa della signora Richardson, cercando di ucciderla. Invece di calmare le acque, le aveva agitate... e quasi si era bruciato il culo! Andava bene, però. Il suo denaro era offshore e aveva un passaporto falso e un documento d'identità pronto per partire. Si sarebbe appena allontanato un po' prima del previsto. Il Brasile stava chiamando il suo nome!

Girò all'ultima curva e si diresse verso la sua auto. C'era una bambina in piedi lì! Era la ragazza Richardson? No, i capelli di questa erano marroni. Aveva all'incirca la stessa età, però.

"Ehi, ragazzina!" gridò. "Allontanati da quella macchina!"

La bambina non si mosse. Lei lo stava fissando intensamente, le mani lungo i fianchi. Mentre si avvicinava, vide che aveva un'espressione arrabbiata sul suo viso. Una brezza gli soffiò in faccia.

"Dove sono i tuoi, ragazzina?" Nessuno in vista. Era a meno di sei metri da lei.

Lei non gli rispose. Poi un pensiero lo colpì. L'ordine era per una bambina non più di dieci anni, con i capelli biondi. Questo aveva i capelli castani, ma l'età era quasi la stessa. Perché non approfittare di questa? Poteva afferrarla, gettarla nel bagagliaio, fare una telefonata e lasciarla al suo destino mentre usciva dal Paese, senza che nessuno se ne accorgesse. Certo che il vento stava aumentando!

"Ehi, ragazzina. Sono un poliziotto, quindi dovresti rispondere alle mie domande," disse mentre abbreviava la distanza tra loro. Lui la guardò in faccia... se lo sguardo potesse uccidere! È davvero arrabbiata! Accidenti a questo vento!

"Vieni qui, tu," disse, mentre le prendeva il braccio. La sua mano le passò attraverso. Si guardò la mano come se fosse la responsabile della mancanza della presa, poi guardò il viso della bambina. Il suo sguardo di sorpresa sarebbe stato comico se fosse stato chiunque altro.

La rabbia nei suoi occhi gli gelò la spina dorsale. "Detective Parker, sei un uomo malvagio. Hai ucciso persone, hai causato alle persone terribili sofferenze, hai rapito la mia sorellastra, hai tentato di uccidere la mia matrigna e hai cercato di uccidere mio padre," disse la ragazzina tranquillamente. "Sono quello che potresti chiamare un angelo, detective Parker. Ma, *questa è la mia famiglia!*" La sua voce divenne più forte. "SONO autorizzata ad avere vendetta." Poi la sua voce sembrò provenire da tutte le parti contemporaneamente. "HAI MAI VISTO UN ANGELO VENDICATORE?"

Nicholas continuò a seguire Martin grazie alla sua scia di sangue. Doveva muoversi lentamente, nel caso in cui Martin stesse aspettando per tendergli un'imboscata, mentre si avvicinava a lui. Il percorso che stava seguendo si perse in varie svolte finché non si sentì perso. Stava cominciando a pensare che Martin avesse una scorta infinita di sangue quando iniziò a riconoscere alcune delle file che stava attraversando. Martin aveva fatto il giro e si stava dirigendo verso Marcus e i due poliziotti! Una volta capito cosa stava facendo l'amico, Nicholas cominciò a correre, seguendo ancora le tracce.

Girò intorno a una fila di container da dodici metri e vide Martin in piedi sull'ultimo. Martin ondeggiava leggermente. Il suo braccio sinistro era coperto di sangue. La sua mano destra teneva la pistola e sembrava non essersi accorto che Nicholas era dietro di lui. Oltre Martin, Nicholas poteva vedere Marcus in piedi appena dentro il container aperto. Marcus sembrava distratto e non vide né Nicholas né Martin.

Nicholas strisciò lentamente lungo il container, finché non fu a pochi passi da Martin. Prese la mira con attenzione.

"Lascia cadere la pistola, Martin," disse, in tono colloquiale. "È finita per te."

Martin sembrava non aver sentito.

"Non voglio spararti. Getta la pistola."

Martin smise di oscillare e iniziò a sollevare la pistola mirando a Marcus.

Nicholas colpì Martin in testa.

Marcus si girò verso il suono dello sparo, puntando la sua pistola. Quando vide Martin cadere e Nicholas in piedi dietro di lui, puntò la pistola verso l'alto e corse verso di loro.

"Sembra che tu mi abbia salvato il culo, Nicky."

"Sì," disse Nicholas. "Gli ho detto di lasciare la pistola, che non volevo sparargli. Ma lui ti ha puntato comunque. Non ho avuto... scelta."

"Nicky! "Va tutto bene, amico."

Nicholas annuì. "Lo so."

I due uomini sentirono una voce tonante dire, "HAI MAI VISTO UN ANGELO VENDICATORE?"

Marcus disse: "Che diavolo era?"

"Mia figlia," disse Nicholas, mentre correva verso il parcheggio.

Scintille di pura energia bianca cominciarono a sgorgare dal corpo di Madeline come se il corpo stesso non fosse abbastanza grande da contenerlo. Sembravano fuochi d'artificio mentre uscivano e lentamente cadevano, evaporando prima di raggiungere il suolo. I suoi occhi brillavano di un'intensa luce blu mentre la sua rabbia cresceva.

La sua voce si abbassò di nuovo, disse a Parker, "La Bibbia dice: 'La vendetta è mia, dice il Signore', signor Parker, ma chi crede che dispensi la vendetta?" Sollevò il braccio, il palmo puntato ai piedi dell'uomo. Un colpo di energia bianca le partì dalla mano e glieli colpì.

Il dolore fu incredibile. Parker si sentiva come se le sue ossa fossero in fiamme, ma non c'erano ferite visibili. Era terrorizzato e fece un passo indietro. Madeline lo seguì.

Stava parlando con lui, sottolineando ogni frase con una freccia bianca di energia. Mentre camminava, cominciò ad apparire sempre più il suo sé 'angelico'. "A volte, quando è una persona veramente cattiva," un *lampo* tra le gambe dell'uomo. Lui fece un passo indietro. Lei lo seguì e iniziò a brillare di bianco. "Possiamo eseguire la vendetta direttamente noi." Un *lampo* finì nello stomaco dell'uomo. Si piegò in due e fece due passi indietro. Madeline lo seguiva ancora e ormai la sua trasformazione era completa. Il suo potere stava di nuovo rilucendo in quelle "ali" e il suo bagliore era quasi accecante. "Ma quando si tratta della mia famiglia" un *lampo* di nuovo nel suo stomaco. L'uomo si piegò di nuovo in due e notò un paio di piedi in piedi alla sua destra. Alzò lo sguardo. Era Meredith. "Io stessa eseguo la vendetta!" *FZZZZZZTT! Un altro lampo*. Stavolta colpì tutto il corpo e il dolore fu insopportabile. La luce bianca del lampo di energia affondò nel corpo dell'uomo con un sibilo, bruciando la sua anima. Il poliziotto urlò e allungò la mano verso Meredith, sperando in un aiuto.

"ORA, Madeline!" gridò Meredith. Madeline lanciò a Meredith una scarica di energia bianca senza distogliere lo sguardo da Parker, bagnando Meredith in una luce bianca. Quando la luce svanì, Meredith era di nuovo "reale".

"La vendetta è mia, disse la mamma", esclamò e fece cadere Parker svenuto, sferrandogli con un gancio sinistro alla mascella.

Nicholas entrò in vista del parcheggio proprio mentre Madeline si trasformava nel suo sé "angelico". Registrò a malapena la meraviglia per la sua bellezza perché era sbalordito dalla sua esibizione di potere. A George Parker sembrava avessero inserito degli aghi nel corpo e quando ogni colpo di bianco puro lo colpiva, sobbalzava come se fosse stato colpito da una mazza da baseball. Nicholas notò che Meredith sbiadiva, in piedi accanto a Parker. Quando Madeline usò entrambi i palmi per colpire Parker con un enorme fulmine bianco, Parker ballò come se fosse collegato all'elettricità. Nicholas sentì Meredith urlare e osservò sua figlia che lanciava un fulmine a Meredith. Guardò Meredith mentre atterrava Parker con il sinistro più sorprendente che avesse mai visto. Quando Parker toccò terra, Nicholas iniziò lentamente a camminare verso la sua famiglia, con la bocca spalancata.

"Chiudi la bocca, Nicholas," disse Meredith. "Sembri una scimmia urlatrice sorpresa."

Madeline, che era tornata alla normalità, ridacchiò. "Sì, papà. Sembri una scimmia urlatrice sorpresa... che sta cercando di usare il bagno!" Poi ridacchiò di nuovo. Anche Meredith rise.

Guardò Meredith e indicò Parker. "Come hai..." iniziò.

Meredith gli sorrise, scuotendo la sua mano sinistra. "Madeline lo ha stancato e io l'ho finito. Tre anni di corso di boxe a Yale, Nicholas."

Karen apparve alla sua destra, impugnando una mazza da baseball. "Sì, e io avrei dovuto essere il battitore," disse seriamente, poi ridacchiò. "Ma sembra che Parker sia fuori gioco!"

Nicholas guardò le tre donne che più significavano per lui al mondo e scosse la testa. "Wow. Spero di non farvi mai arrabbiare."

Le sirene risuonarono in lontananza. Nicholas tornò a guardare verso la strada. "Arriva la cavalleria. Madeline, cambia Karen e *sparisci*!"

Capitolo 9

L'FBI chiuse il cortile ferroviario e prese in consegna l'ufficio. Tutti raccontarono le loro storie diverse volte e tutti omisero qualsiasi riferimento a Madeline.

Con un'eccezione.

Parker cantava come un uccello per chiunque volesse ascoltare l'"angelo' che lo aveva 'preso a calci in culo in modo che quella cagna della Richardson' potesse colpirlo con qualcosa di grosso. Uno degli agenti che ascoltò questa storia tirò Marcus per un fianco e disse: "È ovvio che si sta preparando per l'infermità mentale. Non credo che funzioni."

L'unica cosa che Parker non aveva rivelato era l'identità di chi l'aveva assunto. Ogni volta che gli veniva chiesto, assumeva un'espressione spaventata. "La mia vita non varrebbe un soldo se te lo dico. Queste persone hanno un lungo braccio e soldi da bruciare. Posso essere molte cose, ma non sono ancora pronto a morire."

Gli agenti che interrogarono Nicholas gli fecero pressioni su dove avesse ottenuto le informazioni sul luogo in cui si trovava Karen, ma lui disse loro che non aveva intenzione di rinunciare al suo informatore per nessuna circostanza. Non in quel momento e non in tribunale. Disse loro che l'informatore non aveva niente a che fare con il rapimento e, se avessero insistito a metterlo sotto pressione, avrebbe affermato che lo aveva dedotto dalle informazioni di Logan e dallo strano atteggiamento di Parker, senza che ci fosse nessun informatore. Un agente che parlò con Nicholas lo minacciò di arrestarlo se non avesse parlato. Nicholas perse la calma.

"Arrestare ME?" disse. "Vuoi arrestarmi dopo aver risolto il rapimento, catturato i rapitori e salvato un'altra bambina? Ma certo, fallo. Proprio ora. E garantisco che la mia telefonata non sarà per un avvocato, sarà per i media. Li avrai tutti su per il culo, stronzo pomposo! Voglio vedere il tuo supervisore ora!"

Nicholas vide il vice direttore di supervisione più tardi e gli disse cosa gli aveva detto l'agente e cosa gli aveva risposto lui. L'AD si scusò con Nicholas, poi trovò l'agente che l'aveva minacciato. Anche se la conversazione con quel coglione avvenne dietro una porta chiusa, la poterono sentire in tutto il piazzale.

"Lascia che ii dica una cosa, lamentoso, infame, arrampicatore sociale! Se vuoi un futuro in questa organizzazione, non minaccia MAI più quell'uomo! Ha risolto più rapimenti di minori per questo Bureau dei miei dannati agenti! Nicholas Turner, Meredith Richardson e Marcus Moore dovrebbero ricevere delle cazzo di medaglie in questo momento! Se ti tiri fuori la testa dal culo e lavori sui tuoi casi, oltre a minacciare i civili, forse TU potresti risolvere un caso o due!"

Diverse persone nell'ufficio ridevano. Nicholas poteva vedere Marcus dall'altra parte della stanza. La faccia di Marcus era rossa come la barbabietola e stava cercando con tutte le sue forze di non scoppiare a ridere. Nicholas sorrise al suo amico e gli diede un pollice in su.

Alla fine, dopo che gli interrogatori furono completati, tutti furono autorizzati ad andarsene. Qualcuno aveva recuperato l'auto di Marcus da dove era stata parcheggiata tra le file dei container. Entrarono tutti in macchina e Marcus partì.

Meredith e Karen erano sul sedile posteriore, rannicchiate l'una vicino all'altra. Mentre Marcus usciva dal cortile, Madeline apparve accanto a Karen.

"Ciao, piccola," disse Marcus, quando la vide nello specchietto retrovisore. "Ho sentito che hai tirato un dannato gancio oggi."

"Non imprecare, Marcus," disse Madeline.

Nicholas scoppiò a ridere per l'espressione sul viso del suo amico. "Capito cos'ho dovuto sopportare da quando lei si è presentata, amico? Faresti meglio ad arrenderti." Nicholas gli spiegò tutto su Madeline, dalla sua prima apparizione, alla sua apparizione di fronte a McFeely per convincerlo a salvare Snickers, al loro incontro nel suo ufficio, ai sogni con Jane e fino a quello che era successo quel giorno. Non lasciò nulla fuori. Nicholas si era girato sul sedile, in modo da poter vedere tutti in macchina.

Marcus disse: "Wow. Così, dopo dieci anni, finalmente divento padrino."
Scosse la testa. "E non posso nemmeno dirlo a nessuno. Questo fa schifo, Nicky.
Questo fa schifo al piffero."

Nicholas ridacchiò. "Puoi dirlo a qualcuno, Marcus. Puoi dire a mia sorella
di lei. Melissa non lo sa ancora."

"L'arpia? Non ci pensare nemmeno..." guardò Madeline allo specchio. "Non
succederà," si corresse. "Nicky, ho una domanda e la farò ora, visto che Meredith
sa ciò che ci siamo lasciati indietro. Hai smesso di bere?"

Nicholas guardò ognuna delle quattro persone in macchina con lui... o,
piuttosto, tre persone e un angelo. Marcus sembrava preoccupato, Meredith
annuì con un lieve sorriso sul suo viso, Karen sorrise e ammiccò e Madeline
lasciò che la sua mano si illuminasse di bianco come in un avvertimento. La sua
vita aveva ancora un significato e non aveva motivo di provare a dimenticare.
Aveva vinto i suoi demoni personali con l'aiuto di un angelo e aveva ottenuto la
felicità nella conquista.

"Sì, Marcus, ho smesso," disse.

Stavano passando attraverso un isolato di uffici.

Madeline iniziò a ridere.

"Marcus, fermati qui, vuoi?" disse Nicholas.

Marcus guardò Nicholas, poi annuì. "Certo, Nicky." Spostò la macchina in
un parcheggio. "Che succede?"

"Devo prendere qualcosa qui," rispose Nicholas. "Starò via solo un minuto."
Scese dalla macchina e cominciò a camminare per la strada. Svoltò in una
piccola gioielleria incastonata tra un negozio di abbigliamento maschile e un
negozio di mobili.

"Perché sta andando là dentro?" chiese Marcus.

Meredith guardò il sorriso di Madeline, poi iniziò a sorridere. "Credo che
stia prendendo qualcosa per me, Marcus."

Marcus la guardò allo specchio, confuso. Poi, lo sguardo di chi ha
finalmente compreso gli apparve sul viso. "Conosce la misura dell'anello?"

Lei annuì, poi indicò Madeline e disse, "Penso abbia avuto un aiutino dalla
Signorina So-Tutto-Io."

Madeline sorrise ancora di più e contagiò Karen.

"Sembra, Marcus, che quelle due possano comunicare senza dire una parola"
disse Meredith.

"Hai intenzione di dire sì?" chiese.

Meredith sembrava persa nei suoi pensieri. Rimase in silenzio per così tanto tempo che entrambe le ragazze cominciarono a sembrare preoccupate. Quando Meredith notò gli sguardi preoccupati, sorrise.

"Certo che dirò sì. Non riesco ad immaginare la mia vita senza di lui o Madeline. Li amo entrambi, Marcus, e tengo molto anche a te."

Marcus si girò per guardare Meredith.

"Ti avevo detto che era un angelo custode, no?"

SULL'AUTORE: TM Bilderback è un ex annunciatore radiofonico con una serie di idee di storie che girano nella sua testa, tutte basate su canzoni classiche. L'autore risiede attualmente in Tennessee e sta scrivendo febbrilmente per togliersi queste storie dalla sua testa e metterle in forma di libro.

TM ha appunti per oltre trenta romanzi e molti altri racconti. Ogni romanzo o racconto ha come base poche righe di una canzone.

Altri lavori da TM Bilderback

Nicholas Turner
Se tu potessi leggere la mia mente

Justice Security
La mamma mi ha detto di non venire

Qualcuno mi ha salvato la vita stasera

Jackie Blue

Svegliami prima di andartene

Sabato nel parco

MacArthur Park

Il tamburino

The Night Chicago Died

Jim Dandy

Cow Patty

Hell's Bells

Storie dalla Contea di Sardis
Non fatevi vedere più qui intorno

La Fattoria di Junior

The Devil's In The Details

I'm Your Boogie Man

Altre storie
Il naufragio dell'Edmund Fitzgerald

Oro

Una ragazza sexy in città

Il Leone dorme stanotte

Heart Of Glass

Greatest Hits

Empty Eyes

Eli's Coming

---

[1] L'allerta AMBER (AMBER Alert) è un sistema di allarme nazionale in caso di sospetto rapimento di minore, adottato, nel 2002, dagli Stati Uniti e dal Canada. L'allerta AMBER viene utilizzato nei casi di rapimento che coinvolgono bambini e prevede continui messaggi di allerta attraverso il sistema radio-televisivo, di telefonia mobile e la segnaletica stradale elettronica.

Don't miss out!

Visit the website below and you can sign up to receive emails whenever T. M. Bilderback publishes a new book. There's no charge and no obligation.

https://books2read.com/r/B-A-KAW-CGADB

BOOKS 2 READ

Connecting independent readers to independent writers.

www.ingramcontent.com/pod-product-compliance
Lightning Source LLC
Chambersburg PA
CBHW020701180626
46816CB00003B/1381